Thiago da Silva Pacheco

I0533737

Edição - 2019.

Silva Pacheco

Boêmios&Decaídas

1. Policial. 2. Ficção. 3. Noir.

## PRÓLOGO

A multidão se avolumava diante do velho orfanato de paredes descascadas. Era contida pelos guardas que faziam um cordão de isolamento, enquanto o punhado de jornalistas que se acotovelava em meio aos transeuntes iluminava a cena com os flashes de suas máquinas fotográficas.

- *Acalmem-se, já está perto de terminar* - disse o homem gigantesco, com faca na mão, suado e balbuciante. Olhava para o canto da escura enfermaria do orfanato, onde se encolhiam vinte crianças junto da professorinha, além da cozinheira e do velho faxineiro.

Do lado de fora, os policiais ouviram o som de mais viaturas chegando.

- *Hiii chefe, parece que o negócio vai ficar tenso!* - disse um cabo ao tenente Galvão. Ele e o Delegado Abner imediatamente se voltaram para a viatura da Polícia Especial que era seguida por um Chevrolet Stylemaster 1947.

Os jornalistas voltaram seus flashes para o homem alto, forte e austero que desceu do Chevrolet, enquanto os soldados da Polícia Especial corriam em formação com rifles e metralhadoras, tomando os pontos estratégicos do perímetro.

- *Mas que diabos está ocorrendo aqui?* - questionou o Chefe de Polícia, abotoando o terno, e aproximando-se logo após descer do carro. Ao seu lado vinha o comandante da Polícia Especial, fardado e atento para a movimentação de seus homens.

— *Um sambista famoso ficou descontrolado após ser traído. Tomou um porre. Ele matou a garota, mas o sujeito que o traiu conseguiu fugir. Um policial militar tentou detê-lo, mas acabou morto e, na fuga, ele feriu gravemente um guarda civil. Sabendo que seria caçado até a morte, chegou a este orfanato. Ele está alto pela bebida, drogado e descontrolado* — respondeu o Delegado Abner.

— *E quanto ao prédio?* — perguntou Capitão Cruzeiro, comandante da P. E.

— *Prédio antigo com piso não confiável, iluminação cortada, única entrada frontal e cerca de trinta reféns, sendo somente três dos quais adultos* — respondeu de pronto o tenente Galvão — *eles estão na enfermaria, no terceiro andar.*

— *E as negociações?* — questionou o chefe de Polícia.

— *Ele não aceita negociar* — respondeu Abner — *tem medo de que o matem após o capturarmos.*

De cima do prédio que ficava do outro lado da rua, em frente ao orfanato, o sargento da Polícia Especial gesticulou ao comandante, que respondeu balançando a cabeça em sinal afirmativo:

— *Senhor, estamos numa excelente posição* — disse o Capitão Cruzeiro — *se o chamar para a negociação e ele colocar a cabeça para fora da janela, resolvemos a crise.*

    - *Negativo* - interrompeu o Chefe de Polícia - *nesta multidão certamente há fãs dele, e a imprensa vai colocar fotos do corpo em todos os jornais e revistas.*

    - *Mas e as crianças? E os reféns? Trocaremos essas vidas pela de um bêbado drogado e inconsequente?* - questionou Cruzeiro.

    - *Vamos ganhar tempo!* - respondeu o Chefe de Polícia.

    - *Senhor, se ele for preso, não posso garantir a reação de meus homens* - argumentou Galvão.

O Chefe de Polícia sacou um lenço do bolso de seu engomado terno e limpou o suor que lhe corria pela testa. Nos cordões de isolamento, os flashes dos repórteres foram substituídos pelas luzes das sirenes, enquanto o murmúrio da multidão deu lugar ao silêncio. E, dentro do prédio, as crianças, também em silêncio, derramavam lágrimas diante do brutamonte.

    - *O que faremos, senhor?* - perguntou o Delegado Abner.

O sargento da P.E., oculto nas sombras, mirava zelosamente.

E o Chefe de Polícia nada respondia. Apenas olhava, apreensivo, para as janelas do terceiro andar.

# DOSSIÊ 1733

—

# HOTEL IMPÉRIO

 

— *Olha só que maravilha!* — sussurou o meliante a seu amigo recostado no poste, cutucando-o com o cotovelo após a moça passar em frente a eles.

O outro sujeito imediatamente guardou no bolso a moeda com a qual brincava entre os dedos, e passou a observar a jovem de pele achocolatada e corpo esbelto que caminhava pela viela, distraída, olhando para os letreiros de neon ainda apagados nas fachadas dos prédios.

— *Boa tarde senhorita!* — disse o homem, após coçar seu grande nariz pontudo, abrindo um sorriso que revelou seu dente de ouro.

— *Ah, boa tarde!* — respondeu ela, retornando seu olhar dos letreiros.

— *O que andas a procurar?* — perguntou o narigudo, ajeitando a gravata roxa por dentro do colete e mantendo o mesmo sorriso de canto de boca.

- *Procuro alguma casa de shows. Sou dançarina!* - ela respondeu, franzindo as sobrancelhas.

- *Haa, você está com sorte* - falou o outro sujeito, sacando a moeda que trazia no bolso, arremessando-a com o polegar e recuperando-a no ar - *nós somos empresários deste ramo!*

Da esquina, outra mulher observava a cena. Uma negra vestida "de baiana" bata perfeitamente branca, guias na mesma cor, vários patuás pelo pescoço e pulsos. Já recolhia o tabuleiro no qual vendia quindins e outros doces, quando percebera a jovem sendo abordada.

- *Menina, venha cá!* - interrompeu ela, gesticulando com uma das mãos.

Tão logo ouviram o chamado, os dois malandros foram se afastando discretamente.

- *A 'bençã' minha mãe* - respondeu a jovem, quando se aproximou e viu as guias no pescoço daquela mulher.

- *Deus te abençoe, minha filha* - respondeu a doceira.

A moça ainda tentou olhar para trás para procurar os sujeitos, que sumiram rapidamente de vista.

- *Está perdida querida?* - perguntou a mulher.

- *Ah, não, não* - ela voltou-se para a doceira - *Eu procuro uma casa de shows.*

- *Para que?*

- *Eu sou dançarina. Ou melhor, quero ser!*

- *Entendo. E achou que aqueles homens iriam ajudá-la?*

- *Não iriam?*

A mulher riu.

- *Precisa ter mais cuidado, querida. Em cada beco, há um perigo, em cada sombra, um segredo.*

A menina fez um biquinho.

- *Deixa eu te dizer uma coisa* - a mulher foi tomando o tabuleiro, o banquinho e a cesta com os doces - *primeiro, você precisa se registrar na Delegacia.*

- *Delegacia? Por quê? Sou moça honesta e de família!*

A mulher riu de novo.

- *Eu imagino que sim, querida. Mas para exercer qualquer profissão artística, é preciso fazer um registro na Delegacia de Jogos e Diversões. É assim com dançarinas, cantoras, palhaços, poetas, locutores, comediantes...*

- *Entendi.*

- *Ótimo. Então você fará o seguinte: durma na minha casa. Amanhã pela manhã, meu irmão te leva na Delegacia para você fazer o registro, está bem?*

Os misteriosos olhos puxados da jovem brilharam:

- *E depois eu posso procurar alguma Casa de Shows?*

- *Não qualquer casa de shows. Há muitos aproveitadores por aí. Você vai até o Hotel Império.*

A jovem ficou confusa enquanto a mulher já começava a caminhar de volta para sua casa.

- *Hotel Império?*

- *Sim* - respondeu a doceira - *no caminho eu te explico.*

...

O guarda civil trazia a jovem, levando-a até a recepção da Delegacia de Jogos e Diversões. Oficialmente, o órgão se chamava *Delegacia de Costumes, Tóxicos e Mistificações,* e sua sigla era D. T. M. Mas ninguém sabia ou se importava com isso. Convencionou-se tanto entre policiais quanto jornalistas, boêmios e criminosos, referirem-se a ela como *Jogos e Diversões,* devido à antiga delegacia que cuidava destes assuntos e que fora absorvida pela atual DTM.

O prédio onde funcionava a delegacia era austero, em estilo positivista como alguns prédios republicanos. A fachada, com a pintura descascada, era marfim, e na frente dela havia uma bandeira do Brasil e outra do Rio de Janeiro. Em frente da entrada, guarnecida por dois policiais fardados, viaturas pretas com detalhes brancos da Polícia Civil estavam estacionadas.

O entra e sai era intenso logo pela manhã.

- *É aqui mesmo* - disse o guarda que trazia a moça, se despedindo em seguida.

Ela esperou para ser atendida. Ali estava todo tipo de gente boêmia: dançarinas e cantoras vestidas conforme a moda - mas com roupas baratas e bijuterias extravagantes - bufões e malabaristas irreconhecíveis em seus ternos surrados ao invés das fantasias usadas nos espetáculos, e músicos com seus instrumentos a tira colo por não terem onde deixá-los.

Após bufar e bater o pé no chão por dezenas de minutos, ela levantou-se do banquinho em frente a recepção. Pôs-se então, por conta própria, a procurar alguém que lhe mostrasse como proceder para obter o bendito registro que precisava.

Cada funcionário da delegacia mandava-a para um lado. E, embora não soubesse distingui-los, ela passou por vários agentes da lei. Vestindo ternos marrons, brancos ou cinza, os detetives iam para lá e para cá com papéis nas mãos, atendendo telefonemas em suas mesas. Segurando meliantes que acabaram de serem presos, os guardas civis, de fardas cáqui com botas e cintos negros, levavam detentos para as celas. E havia alguns membros da letal Polícia Especial, tropa de elite que se orgulhava de sua farda e da boina vermelha na cabeça, portando metralhadoras: eram mais altos, mais fortes e pareciam sentir-se superiores aos demais, enquanto traziam um homem algemado e muito machucado.

Cansada, a moça então bufou ao lado de uma mesa vazia, para finalmente ouvir algo interessante:

- *O que está fazendo aqui?* - perguntou o homem alto, de cabelos curtos, blusão florido e bigode fino, trazendo o distintivo preso por um cordão no pescoço.

- *Ai, desculpe! É que eu preciso tirar meu registro para ser dançarina, mas ninguém me explica direito quem procurar...*

O detetive sorriu após estreitar os olhos atentamente nas roupas, na forma de falar e nas expressões faciais da moça.

- *Sente-se ai* - ordenou, sorrindo e olhando de cima a baixo a bela negra diante de si. Ele então se mexeu. Foi e voltou de algumas salas e trouxe consigo alguns papéis. Sentou-se então na mesa diante dela.

- *Qual seu nome?* - perguntou.

Ela abriu um sorriso antes de responder:

- *Aidê*!

- *Ok Aidê. Sou Nogueira, Investigador de 1° classe da Polícia Civil. E, para fazer seu registro, preciso somente de uma garantia sua.*

– *Garantia?* – perguntou Aidê com um dedinho na boca – *qual?*

– *De que serei convidado para sua estreita!*

Aidê sorriu de novo.

O primeiro passo já havia sido dado. Exultante com o registro em mãos, Aidê foi até onde Ioná, a mãe de santo da travessa, lhe indicara: o Hotel Império.

...

Apesar do nome, o Hotel Império era muito mais uma casa de espetáculos que realmente um hotel. Claro, pelo menos dois de seus cinco andares eram compostos de quartos disponíveis para hospedagem. Mas era no primeiro andar um dos pontos de encontro mais badalados da boemia carioca: ali havia enorme palco, quase cinquenta mesas e um bar. Nos fundos, os camarins. Nas laterais, banheiros e cozinha. Uma talentosa orquestrava fazia o cabaré estremecer com samba, jazz e bolero, dando ares grandiosos aos espetáculos apresentados pelos exóticos artistas contratados pela casa.

Os outros dois andares do Hotel Império eram de natureza distinta. O penúltimo servia para o ofício das *decaídas*, como eram chamadas, tanto pela imprensa como pela polícia, as mulheres que se envolviam com prostituição.

A linha entre uma *artista* e uma *decaída* era, de fato, tênue. Na prática, tratava-se de condição legal, pois as mulheres que não se comportassem perdiam seu registro na Delegacia de Jogos e

Diversões. Sem este registro, não poderiam fazer seus números artísticos. As regras eram claras: era proibido beber em serviço - regra mais conhecida por ser ignorada que seguida - sentar-se à mesa ou ter outros tipos de intimidade com clientes, meter-se em brigas e meretrício. *Principalmente* o meretrício.

Entretanto, todas as damas e malandros da cidade sabiam que regulamentos tão tênues, movidos por um conservadorismo alienado do universo noturno, eram totalmente descabidos para a vida boemia. Na prática, serviam apenas para deixar belas mulheres nas mãos de cafetões, donos de cabarés, bicheiros e policiais sem escrúpulos: somente as mais talentosas ou afortunadas conseguiam independência financeira e uma carreira artística livre daqueles austeros barões da noite.

Aidê foi didaticamente instruída em toda esta cartilha pelo investigador que conhecera na DJD.

No último andar do Hotel Império ficava o escritório e aposentos de Fausto, verdadeiro mecenas da boemia. Apesar de pagar tão mal quanto outros proprietários de *dancings*, tratava seus artistas - especialmente as mulheres - como queriam ser tratados: celebridades! Bastava ser realmente talentoso para obter de Fausto toda a atenção e paparicos.

Mas havia uma razão para isso. Homem de meia idade com tom de voz firme, vocabulário polido e modo indefectível de se vestir, Fausto era um poeta no coração e nas letras que escrevia. Algumas das apresentações eram produções suas, cujos ensaios assistia com satisfação entre doses de uísque e tragadas do charuto cubano que sempre trazia entre os dedos.

Infelizmente, Fausto tinha inimigos poderosos. O maior de todos era tanbém o mais recente. Neto da Lapa, o mais temido bicheiro da cidade, controlava o jogo desde o bairro que lhe empresta alcunha até São Cristovão. E queria mais: desejava expandir seu território para o Centro e a Cidade Nova, conectando assim todos os seus pontos dispersos. Para isso, faltava-lhe um ponto de controle que fosse, ao mesmo tempo, rentável e expressivo no submundo carioca:

O Hotel Império!

. . .

Mas o que seria de uma Casa de Shows sem artistas?

O elenco do Hotel Império era diverso. A começar pela orquestra Babilônia, formada por cinco músicos, todos eles belos, talentosos e irreverentes. Sempre garbosos em seus smokings, os rapazes tinham três paixões: a música, a bebida e as mulheres.

Como vocalistas, duas cantoras, que além de acompanhar a orquestra tinham também seus próprios shows. Uma delas era *Giselle Frontim*, morena de pele branca perfeita e cabelos tão lisos e negros que chegavam a refletir as luzes dos holofotes. Sua voz era sexy e aveludada, o que contrastava com o semblante imponente de rainha. A outra, moça de cabelos pintados de loiro com predileção por roupas brancas com detalhes verdes, atendia pelo pseudônimo de *Copo de Leite*. Tinha um tom de voz angelical e arrebatadoramente afinado. Ninguém sabia seu nome, e o pessoal do Hotel lhe tratava apenas por . *"Lê"* .

O conjunto de dançarinas era composto por seis mulheres. *Negras*, *índias*, *morenas*, todas lindas em corpetes, espartilhos, cintas-liga, e saltos de muito brilho, cor e sensualidade. A mais curiosa delas era uma loira chamada de *Paraguaia* pela sua origem. Com o rosto de uma boneca e corpo arrebatadoramente farto nos locais certos, chamava a atenção também por falar português com precisão assustadora, salvo quando ficava nervosa, disparando então um irritante "portunhol".

Claro, nem sempre o que estas artistas recebiam permitia-lhes pagar as contas e manter suas maquiagens em dia, situação que levava algumas delas a fazerem bicos por fora ou mesmo a prestarem "favores doces" para alguns espectadores mais abastados.

E, para fazer rir, havia no Hotel Império duas opções: uma era Astrogildo, homem magro, que contava impagáveis piadas fazendo caretas com seu peculiar rosto enrugado e modo metódico de falar. Ele mesmo *nunca ria* durante o show, o que tornava o espetáculo ainda mais peculiar. A outra era Gargalo, palhaço que fazia a alegria de quem apreciava brincadeiras simplórias e comédia pastelão.

Aquela era a trupe de artistas a qual Aidê pretendia juntar-se.

Fascinada pelo palco e pelas mesas diante dele - ainda que estivessem vazias e sem plateia - Aidê olhava em todas as direções, esquadrinhando, com os olhos a brilhar, o Hotel Império.

Fausto estava sentado fumando seu charuto.

- *Então, o que você faz moça?* - perguntou
ele.

- *Eu danço.*

- *Dança o que?*

- *O que o senhor tocar...*

Fausto riu e fez um sinal com a cabeça para
jovem pianista só de camiseta branca, sem o terno.
Maliciosamente, o músico emendou um samba, mudando
sutilmente depois de alguns acordes para o jazz e,
por fim, concluindo com sensual tango.

Aidê flutuou no palco, sem intimidar-se. O
dono do Hotel não pensou duas vezes:

- *Está contratada! Mostrem a ela o camarim* -
decretou o chefe.

A jovem exultava. Dava pulos de felicidade. E
seu coração parecia que iria sair do peito.

. . .

A semana fora toda de ensaios. Aidê excitava-
se aquele clima. Sua dedicação era exemplar.

A apresentação seria numa noite de sábado. A
jovem dançarina havia se atrasado por escolher
erroneamente o bondinho para deslocar-se até o
centro da cidade. Estava ansiosa para colocar o
exuberante traje com o qual dançaria junto com as
outras meninas. Apressadamente entrou pela porta

lateral, em um beco vigiado por um segurança de camisa listrada. Ofegante, foi direto ao camarim.

– *Calma garota! Tem tempo de sobra. O Gargalo ainda vai se apresentar* – disse outra das dançarinas, sentada em frente ao espelho, retocando a maquiagem.

– *Ah! Tudo bem* – falou Aidê, tentando recuperar o ar – *onde está meu vestido?*

– *Não está aqui?*

– *Não...*

– *Hum... veja lá perto no corredor do palco, perto do camarim masculino. A menina que trabalha aqui deve ter esquecido algumas roupas ali.*

Aidê agradeceu com um sorriso e correu para o local indicado, inclusive esbarrando em outras duas dançarinas que lhe chamaram a atenção.

– *Olha por onde anda!*

– *Desculpe!*

Conforme se aproximava da entrada que levava ao palco, onde os rapazes da orquestra Babilônia mandavam ver no jazz, o volume da música, contagiante e ensurdecedora, tomava os ouvidos da jovem. E ali mesmo, atrás do palco, estavam penduradas as roupas das dançarinas numa armação, que Aidê resolveu trazer até o camarim feminino para poupar seu tempo e o das colegas.

A música já estava acabando. Ao mesmo tempo, a porta do camarim masculino se abriu. Era Gargalo, que estava espalhafatoso - como se espera de um palhaço - em uma combinação azul, dourado, branco e verde, além de cartola preta com detalhes nas mesmas cores.

Aidê olhou para trás, depois de ouvir a porta se abrir. E arregalou os olhos diante da cena.

O palhaço, debaixo da maquiagem, subitamente revirou os olhos. Suspirou, como se a alma deixasse-lhe o corpo em direção ao Além. E caiu morto ao chão.

O grito de Aidê, que se seguiu, terminou com todos os shows daquela noite.

. . .

*Dias depois*

As luzes do imponente Hotel Império estavam todas apagadas. Apenas um feixe de luz iluminava o ponto do palco no qual estava o microfone.

Giselle Frontim entrou. Morena curvilínea de vestido negro brilhoso, como se uma constelação se expressasse pelo seu corpo.

A plateia exultou em aplausos. Ela aproximou seu lábio escarlate do microfone, enquanto a orquestra dava os primeiros acordes.

Mas som foi abruptamente interrompido.

A plateia se desesperou, e uma garçonete chegou a deixar cair ao chão os copos que trazia numa bandeja.

O guitarrista segurava a cantora em seus braços. Ela caíra diante do microfone. E os funcionários da casa noturna tentavam, sem êxito, acordá-la.

...

Souza Filho era um dos mais versáteis investigadores da Polícia do Distrito Federal. Originalmente lotado numa das Seções da Diretoria Geral de Investigações, trabalhava com medicina forense e técnicas de perícia criminal, especialmente bioquímica - incluindo o manuseio de venenos, alucinógenos e anabolizantes - além de ser profundo conhecedor do submundo carioca. Para completar, era um mestre dos disfarces.

Mas era também um homem amargurado. Jamais se esquecia do terrível dia no qual chegou em sua casa e viu a porta entreaberta. Lá dentro, paredes cheias de sangue, um fedor inenarrável e os corpos mutilados de sua mulher e filha. O detetive então abdicou de sua vida social, passando a vagar pela noite carioca em busca do desgraçado que destruiu sua família. Fazia isto encoberto pelo disfarce de Luis Cerveja: um simpático e generoso beberrão, frequentador de botequins.

Infelizmente, jamais teve alguma pista do que realmente ocorrera.

Por ser bom ou ruim demais para a Diretoria Geral de Investigações - talvez, as duas coisas - Souza Filho foi transferido para a Delegacia de Jogos e Diversões, ficando praticamente encostado durante alguns meses sem ter nenhum trabalho oficial relevante para fazer, com exceção de um ou outro exame pericial de vez em nunca.

Isto até a última noite:

– *É a segunda morte?* – perguntou o detetive, ao lado do cadáver da mulher que, oculto sob um cobertor branco em cima da maca, era colocado dentro da ambulância. Os flashes dos fotógrafos registravam a cena, que certamente iria para os jornais no dia seguinte.

– *É sim. O Palhaço Gargalo morreu de forma semelhante, no camarim* – respondeu Fausto, o gerente da casa de shows, enquanto guardas uniformizados tentavam controlar não somente a multidão curiosa que estava em volta, mas também aos repórteres ávidos por esclarecimentos.

– *E porque não nos notificaram?*

– *Achamos que ele bebeu demais ou tomou alguma outra coisa. Não queríamos assoberbar a polícia.*

– *Sei...* – respondeu o detetive, enquanto entrava na sua viatura para dirigir-se à Delegacia de Jogos e Diversões, onde examinaria o corpo.

. . .

*Dia seguinte*

No camarim feminino, os músicos e o comediante Astrogildo estavam junto das meninas. Preocupados e confusos, tentavam encontrar uma explicação para o a morte de dois colegas de trabalho em menos de uma semana. Entre especulações e teorias, chegou a única artista do *casting* que ainda não estava lá.

– *Alguma notícia?* – perguntou Copo de Leite, discreta em um vestido cinza claro e chapéu marfim, que não condiziam com as roupas de show que usava normalmente. Embora não tivesse transparecido emoções na pergunta, todos sabiam que aquele era o jeito da mulher: domínio próprio e com tons brandos de voz.

– *Nenhuma* – respondeu Nelson, o pianista, sentado em cima de um baú e com os braços cruzados.

Os demais artistas corroboraram a resposta. Elizete, dançarina negra de feições firmes, explicou o máximo que pôde:

– *A Jogos e Diversões recolheu o corpo da Giselle, e parece que vão exumar o Gargalo. Fausto cancelou todos os shows de hoje. A propósito, seu batom está borrado.*

– *Estou ciente. Vi o tal detetive recolhendo o corpo da Giselle. Estava no camarim com ela antes de sua apresentação* – respondeu Copo de Leite, sentando-se então em frente ao espelho da penteadeira, a fim de retocar o visual.

– *Lê, tem um estojo de maquiagem bem ao seu lado* – alertou Elizete, ao perceber que a cantora se deu ao trabalho de abrir a própria bolsa para pegar batom e pó de arroz.

– *Não, não* – respondeu Copo de Leite – *eu só uso minha maquiagem. Mania antiga, não repare.*

Ao mesmo tempo, o assunto era as duas mortes e suas consequências. Como não se sabia o que fazer ou pensar, apelou-se para o sobrenatural:

- *Acho que deveríamos procurar uma rezadeira!*
- disse Paraguaia, com seu domínio da língua portuguesa que nunca deixava de espantar.

- *Crendices não resolvem!* - retrucou debochadamente Cauê, outro dos músicos, mancebo tocador de violão de cabelos castanhos e barba por fazer.

- *Exatamente! Percebam o quanto Giselle era devota de Nossa Senhora de Aparecida e não adiantou muito* - concordou Astrogildo, com seu típico jeito metódico de falar acompanhado com o dedo indicador para cima como se estivesse a dar uma lição, trejeito que era sua marca registrada.

- *Olha, mal não vai fazer* - disse Irene, morena que, como dizia Fausto, era dona das mais belas pernas da boemia carioca, e cujo show sempre envolvia mostrá-las em cinta-liga de forma fetichista.

Paraguaia concordou, e até Aidê tentou dar pitaco:

- *Gente, eu conheci uma Mãe de Santo muito boa!*

O debate prosseguia, entre teorias sobre a causa da morte e a verdadeira validade da fé naquelas circunstâncias. Em meio à conversa, os artistas não notaram Fausto junto à porta, ouvindo seus protegidos. Não queria intrometer-se e, embora não demonstrasse preocupação debaixo daquele semblante austero, suas tragadas de charuto eram dadas entre sentimentos de angústia e suspeita.

. . .

No laboratório escuro na Delegacia de Jogos e Diversões, Souza Filho terminara o exame pericial, auxiliado por uma única lâmpada pendurada bem sobre sua cabeça, cuja luz amarelada iluminava os tubos de ensaio e o microscópio.

Era noite, e só estavam na Delegacia alguns poucos guardas e investigadores de plantão, que resmungavam devido ao horário de seu trabalho. Bem diferentes de Souza Filho, que parecia em casa naquele mausoléu republicano, apreciando o silêncio noturno para trabalhar.

Os resultados dos exames do palhaço foram idênticos aos da vocalista. A *causa mortis* era clara e inequívoca, além de mortal, limpa e muito, muito rápida.

Souza Filho já sabia o que provocara as duas mortes. A pergunta então era *como* e *por quê*.

. . .

Mas o show não podia parar.

Dois dias depois, lá estavam os rapazes da Orquestra Babilônia ensaiando. No camarim, duas dançarinas arrumavam-se na penteadeira, terminando sua maquiagem. Copo de Leite fazia o mesmo, na penteadeira oposta, de costas para elas.

As meninas preparavam um dueto. Vestiam um casaco longo e cartola, além de um maiô em cores mortas, mas com decotes generosos que fariam a alegria dos rapazes na plateia. Logo após entraria a cantora. Mécia, uma das moças, repassava o número gesticulando para sua companheira:

*- Quando a banda fizer a parada, é a deixa para o passo das cadeiras. Vê se não erra hein?*

A outra dançarina não respondeu.

Revirou os olhos. Suspirou.

Caiu ao chão, sem vida, enquanto Mécia gritava, apavorada.

Copo de Leite correu em direção a outra dançarina para tentar ajudá-la. Ao mesmo tempo, seguranças vieram ao camarim, atraídos pelos gritos de Mécia.

Nada puderam fazer.

. . .

Sentado em sua mesa, Souza Filho comparava os relatos que havia colhido extraoficialmente de alguns componentes do Hotel Império, anotados em seu caderninho. Nenhum depoimento formal havia sido tomado, embora todos os funcionários do estabelecimento já tivessem sido convocados com datas marcadas para os próximos dias.

Gargalo e Frontim tinham pouco em comum a não ser pela letra do primeiro nome. Não compartilhavam inimigos: aliás, nem inimigos tinham. E nenhum dos dois fazia particular sucesso no cabaré a ponto de serem alvos de inveja de um dos colegas. A correlação entre ambos não parecia clara, se é que existia.

Pra piorar, mais uma morte. Tratava-se de Nizete, a dançarina que morreu de forma idêntica na noite anterior, diante de Mécia e antes de entrar no palco para sua apresentação.

Com tão poucas pistas, Souza Filho tinha reordenado suas prioridades. Intimou que Aidê e Mécia prestassem depoimento o mais rápido possível. Elas viram as vítimas morrerem: talvez tivessem algo a mais a dizer que pudesse dar alguma luz, pensou ele.

O investigador passou a tarde remoendo o caso. Tomava café, quando recebeu um telefonema já na tardinha.

*- Gostaria de falar com o senhor, Detetive -* disse a voz melodiosa do outro lado do telefone.

...

A confeitaria no bairro do Castelo não estava muito cheia. Entre as mesinhas que ficavam na calçada, somente uma estava ocupada: exatamente aquela na qual Souza Filho estava sentado, lendo um jornal.

A mulher não demorou a chegar. De fato, a vestimenta de Copo de Leite fazia jus a sua alcunha. Usava um vestido branquíssimo, justo no dorso e ligeiramente folgado nos quadris. As sandálias eram verdes, e seus cabelos, revelados após retirar o chapéu de aba larga da mesma cor do vestido, eram de tom loiro confessamente tingido.

*- Me perdoe pelo atraso, detetive -* disse ela.

– *Não tem problema* – respondeu o investigador, ao mesmo tempo em que o garçom entregava o menu à mulher – *o que deseja?*

– *Um suco de caju, por favor.*

Souza Filho fez um sinal afirmativo com a cabeça para o garçom. Depois, voltou-se para sua acompanhante:

– *Então senhorita, desejava falar comigo?*

– *Sim. É sobre Mécia e Aidê. Principalmente Aidê.*

A voz dela era apaixonante, e saia de sua boca num tom firme e seguro de si.

– *Estou ouvindo* – disse o detetive.

– *Elas estão apavoradas com a intimação. Principalmente Aidê, que me parece ser uma jovem inocente demais para este mundo boêmio.*

– *E porque tanto medo?*

Havia chegado o suco de caju.

– *O senhor sabe como é. Ninguém gosta de ser chamado à polícia. Mesmo que seja somente para prestar esclarecimentos.*

– *Entendo.*

– *Sei que minhas palavras não servem de muito. Afinal, sua profissão é desconfiar de todos. Mas elas estão mais confusas e assustadas que nós.*

*Principalmente Aidê, que sequer realizou seu sonho de dançar.*

*— E você? Teria ideia do que poderia estar causando estas mortes?*

*— Não. Mas confesso estar com medo, detetive.*

*— Parece-me estranho você falar em medo.*

*— Por quê?*

*— Demonstra-se sempre tão controlada e segura.*

*— Mecanismo de defesa.*

*— Como?*

*— Eu era tímida. Quase que patologicamente tímida. Para conseguir cantar em público, tive que aprender a dominar meus medos. O resultado foi esta fleuma que o senhor vê.*

*— Parece bem determinada.*

*— Ou apenas tentando aprender a lidar comigo mesma...*

Ela pegou um cigarro em sua bolsa. Souza Filho se apressou para acendê-lo. Ela continuou a falar, após tragar com seus lábios vermelhos:

*— O senhor acha que ocorrerão mais mortes?*

*— Vou lhe ser sincero. Acho que sim.*

– *E você tem algum conselho para que minhas colegas de trabalho e eu possamos nos proteger?*

Souza Filho não sabia o que dizer. Tentou encontrar um jeito de confortar a mulher diante dele, mas nada de realmente útil lhe veio a mente.

– *Entendo* – respondeu ela, resignada, enquanto pegava a bolsa em seu colo para levantar-se – *Eu tenho que ir agora. Estou ensaiando para cantar no Cabaré Peccado. Com o cancelamento dos shows no Hotel Império, tenho que me virar* – já de pé, ela apagou o cigarro num cinzeiro – *Me desculpe por tomar seu tempo, detetive.*

– *Não tomou. Foi um prazer.*

A mulher se foi, deixando Souza Filho entregue a seu próprio cigarro e pensamentos.

. . .

Já era noite, e o botequim estava animado com o som do pandeiro e cavaquinho dos malandros que tocavam numa mesa do lado de fora.

– *Então Neto da Lapa e Fausto estão às rusgas?* – perguntou o homem gordo, barbudo e mal vestido, bebericando uma cerveja geladíssima.

– *Pois é," Luisão"* – confirmou o negrinho sem um dos dentes da frente, em trajes de malandro nas mesmas combinações vermelha e branca dos demais que tocavam na outra mesa. Ele também bebeu um gole de cerveja, antes de falar mais:

- *Parece que ele quer o Hotel Império, só não sei para que. Dizem por aí que seria a base do jogo do bicho no Centro.*

- *Hii "mermão" , mas aquilo ali é a vida do Fausto não é? Duvido que ele venda!*

- *Certíssimo. Só que peitar o Neto da Lapa não é bom "pros" negócios de ninguém.*

- *Com certeza Bené! Só que tem uma parada né? O Hotel Império é conhecido em toda a cidade, além de dar um razoável arrego para a Delegacia de Jogos e Diversões. Neto não seria louco de tomar o estabelecimento na força, ou você acha que sim?*

O garçom chegou com uma porção de aipim frito e linguiça calabresa, além de outra garrafa de cerveja. O simpático homem mal vestido logo encheu o copo do negrinho, e com uma das mãos apontou para o suculento tira-gosto:

O malandrinho continuou:

- *Há isso é verdade* - ele falava enquanto comia o aipim - *Só que teve estas mortes recentes por lá né...o cabaré está fechado a dias. Talvez ele não tenha outra escolha se não vender.*

- *Rapaz...sabe que você está repleto de razão? Faz sentido Bené!*

- *Pois é. Parece que as coisas estão ruins para o Sr. Fausto* - disse o jovem antes de ser chamado sutilmente pelos músicos, após encerrarem mais uma canção. Parecia que iriam levar um samba que somente o rapaz conhecia.

- *Até mais seu "Cerveja" !* - se despediu.

- *Até!*

E Souza Filho, o homem por baixo daquele disfarce, sorriu antes de experimentar o aipim frito, pego com um palito

. . .

Enquanto o Hotel Império, fechado por precaução, definhava pela falta de clientes, os depoimentos eram tomados na Delegacia de Jogos e Diversões. Formavam uma pilha de papéis, cujas cópias Souza Filho levou para casa para poder examiná-los melhor.

O detetive abriu a porta e acendeu a luz de seu apartamento. Apesar de pequeno, seria até um lugar jeitoso para se morar se não fosse a total bagunça na qual era deixado. Somente a estante com os porta-retratos da mulher e da filha recebiam limpeza permanente.

Ele só tirou os sapatos. A gravata, sempre usava frouxa mesmo. Sentado na poltrona, pôs-se a reler os depoimentos, após ligar o rádio.

Sobre a morte de Gargalo, ninguém sabia de nada. Nenhum inimigo ou razão para que o matassem. Somente Aidê o viu morrer, e descreveu o mesmo tipo de morte súbita e trágica de Giselle e Nizete. Mécia tinha pouco a acrescentar: estava a conversar com a dançarina logo após ela terminar a de se maquiar. Por não gostar de usar a maquiagem do camarim, Copo de Leite estava na penteadeira oposta, terminando de se arrumar e, portanto, não viu a cena.

Mesmo forçando sua mente ao máximo para tentar estabelecer alguma correlação, todo esforço era inútil. Nada lhe vinha à cabeça.

Até que um lampejo arrebatou ao detetive.

O programa do rádio era sobre decoração. Parecia banal. Mas nele foi dita uma daquelas frases que destravam todas as portas para o entendimento, um disparo dedutivo que desnuda qualquer mistério.

Souza Filho tinha uma pista em mente. Antes, porém, precisava passar urgentemente tanto no laboratório, quanto no arquivo da DJD.

...

A Orquestra Babilônia terminou mais uma canção, provocando sinceros e efusivos aplausos no Cabaré. Sem trabalho no Hotel Império nas últimas semanas, foram contratados para animar o Torneio de Sinuca que parou a cidade, tocando nos momentos de intervalo usados pelos jogadores para descansar.

Era a vez dos músicos fazerem uma pausa.

- *Tem um cigarro ai?* - pediu Cauê a Nelson.

- *Hii rapaz, este foi meu último* - respondeu ele com um cigarro no canto da boca, enquanto trocava a partitura do piano.

Cauê fez cara feia.

- *Está bem, está bem! Deixei um maço na gaveta do camarim. Vou pegar para nós.*

E lá se foi Cauê até o camarim. Não esperava, contudo, surpreender-se com uma intrigante visão. Neto da Lapa, em pessoa, entrando num dos muitos quartos do Cabaré, acompanhado por dois homens de blusão de gola alta e correntes chapeadas a ouro no pescoço, que traziam revólveres na cintura.

Mas o mais intrigante de tudo era quem estava dentro do quarto, pessoa visível devido à porta estar totalmente aberta.

Cauê colou na parede junto à porta. Escutou tudo, apesar de falarem baixo lá dentro. Conforme ouvia, sua indignação aumentava. Ao perceber que a conversa terminara, afastou-se da porta e escondeu-se atrás de uma peça de cenário deixada no corredor.

Ele não podia aceitar aquilo. Indignado, entrou no camarim e foi tirar satisfações com quem estava lá dentro.

...

O Hotel Império, vazio, não era nem sombra do que já fora. Somente uns poucos clientes e hóspedes, que confiavam plenamente no proprietário, ainda se valiam dos serviços daquele estabelecimento.

Souza Filho era um dos poucos naquele imenso e antigo prédio. Mas seu interesse não eram os serviços do outrora movimentado hotel.

O que ele buscava estava nos camarins.

Primeiro, o masculino. Depois, o feminino – este, deixado exatamente como estava desde a morte da última vítima. O detetive coletou tudo o que queria, e ensacou cuidadosamente como prova.

Ele saiu do Hotel, indo até seu carro. Faltava um último teste. Vendo passar um gato vira latas pela rua, chamou a atenção do bichano. Foi atendido pelo animalzinho que, após ter algo lançado sobre si pelas mãos do detetive, revirou os olhinhos e expirou, perdendo a vida de forma quase instantânea.

- *Peguei você!* - disse Souza Filho, ao ver o gatinho morrer.

O investigador entrou então no carro para efetuar a prisão que solucionaria o caso. Foi quando o rádio da viatura enviou-lhe uma mensagem da Delegacia de Jogos e Diversões.

- *Souza Filho na escuta!*

- *Atenção! Mais uma morte ligada ao Hotel Império.*

- *Impossível. Estou saindo daqui agora.*

- *Positivo. Mas não foi no Hotel, mas de um dos artistas do Hotel.*

- *Explique.*

- *Um dos músicos da Orquestra Babilônia foi encontrado morto, com uma facada nas costas e um corte na garganta. Foi visto pela última vez tocando num torneio de sinuca.*

- *Ciente. Já descobri o assassino e estou indo efetuar a prisão.*

- *Como? As mortes não são iguais!*

- *Irrelevante. Só falta uma peça no quebra cabeças.*

- *E qual é?*

- *Você que deve me dizer. Onde é o tal torneiro?*

A resposta soou como música aos ouvidos do detetive. Todas as peças se encaixaram naquele momento.

...

O táxi parou em frente ao apartamento. Tanto a vizinhança como o imóvel eram de quinta categoria, e parecia não haver ninguém na rua naquela hora da noite.

O passageiro pagou o táxi, que seguiu seu rumo, enquanto a pessoa que estava dentro dele parecia apressada para chegar em casa.

Contudo, uma voz lhe surpreendeu:

- *Porque a pressa?* - perguntou Souza Filho, até então escondido atrás de um dos poucos carros estacionados na rua.

- *O que faz aqui, detetive?* - perguntou a pessoa.

- *Vim tirar umas dúvidas* - ele apontou seu revólver - *tire seu casaco, por favor.*

- *Mas o que significa isso?* - questionou a pessoa, com um nervosismo sutil que só os mais perspicazes notariam.

- *Faça o que estou mandando* - disse o investigador, puxando o gatilho do revólver.

Foi obedecido.

Ela tirou o enorme casaco, que em nada combinava com o calor carioca, revelando um longo vestido branco de festa, daqueles com a fenda que começava na coxa. Estava manchado de sangue, assim como as mãos da mulher. A meia calça verde e o cabelo loiro denunciavam: *Copo de Leite*.

- *Engenhoso.* - disse o detetive, retirando do bolso os objetos que havia recolhido no local do crime - *Você espalhou partes do veneno na maquiagem dos camarins. Seria impossível detectá-lo normalmente, mas quando os artistas se maquiassem, fariam a combinação letal, matando-os sem você sequer chegar perto.*

O semblante dela se tornou mais frio que o habitual. O policial prosseguiu:

- *Um plano perfeito. Se não fosse pelas suas colegas dizerem que você jamais usava a maquiagem do Hotel, seria difícil juntar as peças.*

A mulher balançava cabeça negativamente, embora seu olhar não demonstrasse medo:

- *Como chegou a esta conclusão?* - perguntou ela.

Ele sorriu.

- *Sorte, confesso. Estava ouvindo um programa no rádio sobre decoração. Sabe como é: o Copo de Leite não é uma flor, ao contrário do que todos pensam, mas sim uma planta venenosa. Na verdade, uma praga.*

Sem ter o que dizer, ela esboçou um tímido sorriso, resignada.

*— Ficou mais fácil ainda quando revi sua ficha com mais atenção. Passado obscuro, vinda de outra cidade. Não foram suas primeiras mortes, foram? Seus sentimentos são tão controlados que até tentou me despistar, fingindo importar-se com Aidê e Mécia.*

Acuada, ela nada disse. O investigador prosseguiu:

*— Não foi difícil compreender o restante. As vitimas eram aleatórias demais para ser vingança ou algo pessoal. Neto da Lapa deve ter lhe prometido algo interessante. Talvez a gerência do Hotel Império. Mas, para seu infortúnio, os rapazes da Orquestra Babilônia estavam no Cabaré na mesma noite em que você trataria de negócios com o bicheiro. Ao ser descoberta pelo pobre Cauê, você não teve outra escolha se não esfaquear o rapaz com sua frieza assassina, o que gerou a macabra mancha no vestido que usa.*

Pela primeira vez desde que a conheceu, Souza Filho viu Copo de Leite perder toda a sua fleuma.

*— Por falar nisso, jogue a faca que escondida consigo no chão, e chute-a para mim* — completou o detetive, ainda apontando a arma.

Copo de leite o fez, e usando uma luva, Souza Filho guardou a faca num saco:

- *A senhorita está presa* - disse ele, guardando a arma e aproximando-se da moça para algemá-la.

Descuido. Erro fatal diante de uma assassina dotada de tamanho autocontrole.

Com a velocidade potenciada pelo sentimento de que era a única chance que tinha, a mulher pôs a mão no bolso de Souza Filho, pegando o veneno misturado e lançando-o no rosto do detetive, que caiu ao chão sentindo algo estranho.

- *É uma pena detetive* - disse ela - *matá-lo não fazia parte dos meus planos.*

Ela então fugiu, enquanto Souza Filho revirava os olhos. Logo veio o suspiro e, depois, a queda definitiva ao chão.

...

Ele olhou no relógio. Pareceu estar desmaiado por quase uma hora, mas não se passaram nem cinco minutos.

Recuperando o ar e tentando se reencontrar devido à tontura, Souza Filho foi em direção ao beco onde deixara a viatura. Tomou o rádio, e notificou a Delegacia de Jogos e Diversões sobre a aparência física e as roupas da foragida Copo de Leite, que lhe escapara.

Ao menos, o caso havia sido solucionado. Por hora, o Hotel Império estava a salvo.

Entretanto, mesmo frustrado por ter deixado a assassina fugir, Souza Filho suspirou aliviado, pondo a mão num dos bolsos de seu paletó e retirando um potinho de dentro dele.

"Nunca se deve mexer com venenos sem conhecer o antídoto". Aquele foi um dos primeiros aprendizados do detetive ao meter-se com exames laboratoriais e químicos. A dose que produziu no laboratório, a partir de suas conclusões acerca da *causa mortis* das vítimas, permitiu-lhe eliminar os efeitos do produto usado por Copo de Leite, cujo efeito colateral foi deixá-lo meio zonzo por alguns instantes.

# DOSSSIÊ 2842

–

# JOGADORES "PROFISSIONAIS"

Ninguém no cabaré deixou de perceber quando o sujeito passou pela porta. Brilhantina no cabelo, rosto liso sem barba, terno preto impecável. Adentrou no recinto, blasé diante dos olhares desconfiados, enquanto dirigia-se ao bar do outro lado da pista de dança.

Fazia muito calor.

O cabaré funcionava no porão de um antigo prédio do final do século XIX, que pareceria uma masmorra se não fosse pelo bar, palco, mesas e cadeiras. Um *barman* limpava copos, quando o recém-chegado parou em frente a ele.

- *Limonada* - pediu o homem.

Discreta num canto e oculta pela sombra do mal iluminado cabaré, uma misteriosa mulher de cabelos negros, sem batom e olhos sombreados, observava atentamente.

- *Caipirinha?* - perguntou o taverneiro.

- *Não. Limonada mesmo. Não tomo álcool antes de jogar. E bem gelada, por favor.*

Não demorou para que a bebida ficasse pronta. Enquanto a preparava, o barman puxava conversa:

- *Então, veio aqui para jogar...*

- *Exato.*

- *E contra quem vai jogar?* - arguiu o taverneiro, colocando diante do cliente uma limonada com bastante gelo.

- *Contra o melhor jogador daqui.*

O recém-chegado não sabia se o silencio era proposital. Mas, sem duvida, fora providencial. Não tardou para que um homem negro, forte e bem vestido se levantasse de uma das mesas, onde outras duas mulheres o acompanhavam. Sorrindo, ele caminhou até uma das mesas de sinuca. Estavam todas ocupadas, mas eram jogos sem importância.

O silencio, na verdade, não era proposital, mas acidental. Logo começou a apresentação de *Copo-de-Leite* - a cantora da noite - acompanhada por suave e competente banda.

A mesa foi armada, enquanto a quantia apostada por ambos - uma merreca, para dizer a verdade - foi guardada no sutiã por uma insinuante garçonete de corpete e chapeuzinho preto.

- *Você primeiro* - disse o homem que se levantara para jogar.

- *Não tenho pressa. Pode começar* - respondeu o recém-chegado.

- *Não serei grosseiro. Faço as honras da casa.*

O misterioso visitante tomou então o taco e se posicionou de forma simples na mesa. A tacada, básica, espalhou as bolas, pouco impressionando a seu adversário e aos demais que se reuniram em torno dos oponentes para apreciar o certame.

O homem negro sorriu quase que perversamente. Fez uma espetacular sequência de três bolas, e ainda terminou a jogada deixando seu adversário numa sinuca de bico.

- *Não se preocupe, eu te pago outra limonada!* - provocou ele, fazendo a plateia rir do chiste.

O oponente bebeu mais um gole, e ignorou a provocação olhando calmamente para a mesa. Posicionou-se sobre ela, então de forma muito mais segura e elegante que antes. Mirou a bola branca com a precisão de um cirurgião e a delicadeza de um amante.

A plateia arregalou os olhos e escancarou as bocas. O sujeito saiu da sinuca e encaçapou outra bola. Claramente não tinha sido sorte!

Ninguém mais ria. Especialmente o adversário, que também se desfez do sorriso que trazia no rosto.

Outra bola foi encaçapada. Parecia fácil demais vendo o misterioso homem jogar, prosseguindo na sequência encaçapando outra bola e colocando, propositalmente, a bola branca numa posição quase impossível de se remover. Sem sair do lugar, ele olhou para o outro jogador de forma condescendente, como se tivesse pena dele.

Tomou mais um gole de limonada.

A morena, no canto do cabaré, não tirava os olhos dele.

O homem negro, suando terrivelmente, deu duas voltas pela mesa buscando alguma posição. A jogada que se seguiu foi desesperada: mal acertou a bola e ainda quebrou o taco.

Gargalhadas da plateia.

Com um sorriso no rosto, a garçonete entregou ao malandro o dinheiro da aposta, piscando para ele em seguida. Retribuindo o sorriso, ele tomou o dinheiro e se dirigiu ao homem com quem competiu:

– *Vou colocar a limonada na sua conta* – disse, recebendo um resmungo como resposta.

O samba tocava enquanto o misterioso jogador, puxando a garçonete para dançar, sambava miudinho no meio da pista de dança com a mesma leveza e destreza apresentada no jogo de sinuca. Entre um passo e outro, alternando belas mulheres atraídas pelo charme do malandro, ele bebericava sua limonada, embriagado pela excitação do sucesso e pelo perfume das morenas.

... 

Tarde da noite. Ele entrou em seu apartamento, acendendo a fraca luz amarelada que iluminara o quarto sujo no qual dormia. Tirou o dinheiro que ganhara nos jogos da sinuca, e iria começar a contar.

Foi quando percebeu ter visitas a esperá-lo.

- *Américo! Pensei que não chegaria nunca!* - disse o homem baixinho, careca e bigodudo, sentado numa cadeira cujo encosto servia de apoio a seu peito e braços.

O malandro não teve tempo para reagir. Subitamente percebeu-se elevado do chão, sendo tomado por mãos grandes vindas de trás de si. Tratava-se de um homem enorme, de camisa listrada verde e marrom e chapéu aba de coco, escondido atrás da porta. Seus braços eram volumosos, longos e desproporcionais ao corpo.

- *Mas que belo terno! Deve ter custado caro!* - perguntou o baixinho, após levantar-se da cadeira e ajeitar orgulhosamente seus suspensórios.

- *Olha, eu sei que Seu Agenor quer a gaita. Eu vou acertar isso na próxima semana. Deem este recado a ele. Semana que vem, estou com a grana toda!* - retrucou Américo, tentando manter o controle enquanto era erguido por trás pelo brutamontes.

- *Haaa... mas Seu Agenor também tem um recado para você* - respondeu o sujeito baixinho.

Bruscamente, o grandalhão levou Américo até próximo da janela, aberta ao mesmo tempo pelo baixinho bigodudo. Este tirou um pepino do bolso e colocou-o abaixo dela. Enquanto segurava Américo pelo pescoço, dificultando sua respiração e fazendo-o suar em bicas, o gigante desceu a pesadíssima janela de madeira sobre o pepino de forma tão violenta que esmagou ao legume.

- *O recado é este: da próxima vez, não vai ser um legume na janela.* - revelou o baixinho.

O homem grande soltou Américo, que caiu no chão tentando recuperar o ar, enquanto os capangas saíram do quarto.

- *Preciso ganhar aquele torneio. É minha única chance* - disse Américo a si mesmo, de joelhos ao chão do pequeno apartamento, buscando encher de ar seus pulmões.

. . .

Após subir a cortina vermelha, o elegante locutor de terno riscado de giz surgiu no palco, diante dos homens de smokings baratos acompanhados de dançarinas e meretrizes em trajes fetichistas, de cores vivas e brilhosas:

- *SENHORAS E SENHORES! BEM VINDOS À CASA DO PECCADO!*- anunciou o locutor a plateia.

Discreto junto ao bar, Américo bebericava a limonada sem álcool e bem gelada. Estava impecável, como de praxe, vestindo um smoking digno das mais abastadas festividades. Enquanto isso, garçonetes vestidas de minissaia, cinta-liga e chapéu panamá serviam aos clientes espalhados pelas mesas.

O locutor prosseguia, enfaticamente, com sua poderosa voz:

- *NESTA NOITE, TEREMOS A TÃO ESPERADA DISPUTA DO TACO DE OURO! OS MAIORES JOGADORES DE SINUCA DA*

Do outro lado do cabaré era possível ver o troféu, um taco de ouro em miniatura na posição diagonal. Estava à frente da dona do cabaré, Daniela Peccado, morena queimada de sol num vestido vermelho justíssimo que lhe cobria o corpo esbelto. Estava fumando sua cigarrilha, tendo, de cada lado seu, um segurança de terno branco e gravatas vermelhas vivas, como o batom dos lábios daquela cafetina.

Os fotógrafos não tardaram em registrar primeiro o locutor e depois o troféu. A competição, legalmente registrada e permitida pela Delegacia de Jogos e Diversões, foi alardeada a semana toda nos cadernos esportivos dos jornais, e esperava-se grande glamour em sua abertura. A esperança havia sido confirmada: apesar de se tratar de sua primeira edição, o torneio ganhou enorme repercussão devido à mídia e ao polpudo prêmio em dinheiro.

Lá estavam muitos jogadores, todos eles típicos representantes da boemia carioca e de outras cidades do Brasil. Eram os melhores, acompanhados de belas mulheres, embora comedidos em seus gestos para com elas - afinal, tratava-se de uma competição oficial e coberta pela mídia. Eles paravam próximos às mesas de sinuca, esperando pela divulgação das chaves que determinariam quem seriam seus oponentes.

Mas, de longe, existia um favorito. Carvalho, famoso na Lapa e no subúrbio pelo seu talento incomparável na sinuca. Alguns até diziam que a disputa seria pelo segundo lugar, já que era quase impossível vencer o Carvalho.

Em seu canto e bebendo limonada, Américo observava atentamente o assédio ao tal Carvalho. Diferente do favorito, não era de se exibir em botequins. Pelo menos, não de se exibir *jogando* sinuca. Sabia, portanto, que o elemento surpresa estava ao seu lado.

As disputas começaram. Carvalho venceu fácil suas partidas. Mas, a cada tacada de mestre, a cada jogada maravilhosa, a cada movimento que dantes parecia impossível, Américo embasbacava seus adversários e roubava para si a atenção dos concorrentes, repórteres e dançarinas.

Mas, principalmente, Américo despertou a atenção dos dois investigadores da Delegacia de Jogos e Diversões que estavam ali presentes...

. . .

Descendo a rua de Santa Tereza, a morena sem batom e de misteriosos olhos sombreados seguia Américo. Ele descia a rua mais a frente, alienado da mulher e exultante pelo show de sinuca que dera naquela noite. Cantarolava um samba, até ser surpreendido pelos faróis da viatura da Polícia Civil que surgiu na direção oposta.

- *PARADO AÍ, MALANDRAGEM!* - ordenou um dos dois policiais que saíram da viatura.

A mulher que o seguia escondeu-se rapidamente atrás de um poste, sem ser vista.

Ambos então encurralaram Américo contra a parede de um mercadinho fechado pela alta hora da noite. Não era possível para a mulher escutar o que os policiais falavam com ele, e os homens mal podiam ser vistos se não fosse pelas sirenes da policia que, piscando, iluminavam a parede onde estavam.

Os policiais foram embora, e Américo alargava a gola da camisa para poder melhor respirar. Suava muito. E ouvir uma voz desconhecida, ainda que doce, a falar com ele, era a ultima coisa que desejava:

— *Preocupado?* — perguntou, depois de tragar seu cigarro.

Américo respirou fundo:

— *Você nem imagina* — respondeu ele, tirando um cigarro do bolso após olhar as pernas e a cintura da mulher no justo vestido brilhoso.

— *As coisas se resolvem* — disse ela, acendendo o cigarro de Américo com o seu próprio.

— *Só por um milagre.*

— *Não acredita em milagres?*

— *Não muito* — ele tirou o cigarro da boca e voltou-se para ela — e *qual o nome da beldade que me dá a honra de ouvir-lhe a voz?*

— *Bárbara...*

— *Como a santa?*

— *É... como a santa... e o seu?*

— *Américo.*

- *Américo! Sim! O exímio jogador de sinuca que fez Carvalho tremer...*

- *Este é parte do problema.*

Ela se aproximou do homem, e colocou seus belos e misteriosos olhos em contato direto com os dele.

- *Entendo. Não gostaria de explicar todo o problema em meu apartamento?*

- *O convite é tentador...mas a senhorita gosta de problemas?* - perguntou Américo.

Bárbara riu.

- *Não. Mas talvez eu goste do homem por trás dos problemas...*

...

Era um quarto pequeno, mas bem decorado e arrumado. Um perfume doce, porém sutil, era sentido por Américo, que se sentou numa poltrona e admirou as pernas da mulher, enquanto ela se dirigia à cozinha.

- *Cerveja? Ou uma "branquinha" ?* - perguntou Bárbara.

- *Ham...nenhum dos dois* - disse Américo.

- *Acho que ainda tenho uma tequila.*

- *Você teria um suco? Ou uma água mineral?*

A pergunta do malandro fez a anfitriã interromper sua busca nos armários:

- *Você não bebe?* - perguntou ela da porta da cozinha, com as mãos na cintura e um sorriso sarcástico no rosto.

- *Não* - respondeu ele, meio que envergonhado e desviando o olhar para partes do teto do apartamento.

- *Mas que malandro é este que não bebe?*

Ele ficou um pouco irritado:

- *Eu não me dou bem com álcool, está bem?*

Ela riu.

- *Está bem...* - disse a morena com sorriso no rosto - *Vou fazer um suco pra você.*

Bárbara pegou laranjas em um cesto, e começou a espremê-las. Ao mesmo tempo, Américo levantou-se da poltrona e pôs-se a observar o jeitoso apartamento, parando ao lado da janela de onde entrava uma agradável brisa que movia suavemente as cortinas.

- *Então, o que os "meganha" queriam com você?* - perguntou Bárbara, enquanto coava os bagaços da laranja.

- *Queriam que eu perdesse.*

- *Sério? Mas por quê?*

– *Carvalho está fechado com eles. É jogo de cartas marcadas. Eles vão dividir o dinheiro do prêmio.*

Bárbara saiu da cozinha com cerveja numa mão e suco de laranja na outra:

– *Não, não, meu belo* – disse ela, entregando o suco a Américo e reclinando-se na janela, próxima a ele.

– *Não?* – retrucou o malandro.

– *Não. "Ele" vai ficar com o prêmio* – a ênfase dela no "ele" se via em seus lábios sem pintura.

– *Ele quem?*

– *Abner* – ela tomou um gole da cerveja – *Delegado Abner.*

– *O chefe da Jogos e Diversões?*

– *Ele mesmo. Os investigadores são peixe pequeno demais para um esquema como este. Só o delegado poderia dar a permissão do torneio. Com certeza está por trás disto: é bem a cara dele. Faz-se de honesto e de moralista. Os policiais que te cercaram serão pagos através de favores dentro da Delegacia.*

– *Hummm...parece saber bastante. Você o conhece o tal delegado?*

Bárbara olhou de forma enigmática para Américo, enquanto mirou-lhe um discreto sorriso de reprovação. Ela prosseguiu:

*Além disso, vai embolsar a grana quase toda. Carvalho vive sem dinheiro, gasta tudo com bebidas e mulheres. Não teria gaita para bancar um torneio como este: Abner simplesmente deve tê-lo inscrito sem nada pagar.*

- *Maravilha* - lamentou Américo, balançando a cabeça sarcasticamente e terminando de beber seu suco - *Estou morto.*

- *Ora, mas por quê? Qual o problema em você perder?*

- *Simples. Eu devo uma grana preta para* Seu Agenor...

- *O agiota?*

-*Ele mesmo. O torneio era minha chance de pagar e, com o que sobrasse, recomeçar minha vida. Agora, se eu perder, Seu Agenor me mata. Se eu ganhar, a Delegacia de Jogos e Diversões me mata. De todas as formas, eu morro.*

Ela sorriu novamente:

- *Mas há um lado bom nisso* - disse Bárbara, roçando a língua pelos lábios.

- *É mesmo?* - Américo ajeitou novamente a gola da camisa, o que sempre fazia quando nervoso ou em duvida: - *E qual o lado bom em estar condenado à morte?*

Bárbara se aproximou mais do belo malandro, deixando o copo na janela e repousando uma das mãos no peito dele:

*– O lado bom é que todo condenado a morte tem direito a um último pedido...* – sussurrou ela, no ouvido de Américo.

Não foi necessário formalizar a petição.

E a brisa soprou novamente pela janela.

...

*Dia seguinte*

Américo tomou um banho após levantar-se. Vestiu-se e pôs os sapatos discretamente, fazendo o mínimo de barulho possível. Antes de ir embora, ainda olhou para Bárbara da porta do quarto, que dormia profundamente na aconchegante cama onde fizeram amor.

O malandro foi embora, deixando tudo como estava.

A mulher, ainda deitada, sorriu. Fingira estar dormindo. Levantou-se logo após seu amante partir. *Sabia* o que fazer.

Américo foi para casa. O sol estava a pino, e o calor do verão escaldava as ruas da cidade, lançando sua poderosa luz pela única janela do escuro apartamento do malandro. Ele sentou junto à mesa, pondo-se a ler o jornal e comer um pão dormido enquanto, no rádio e em baixo volume devido a sua péssima qualidade, tocava canções e marchinhas.

Oprimido pela indecisão, ele andava de um lado para o outro. Sentava, levantava, deitava. Tentou cochilar após o almoço, sem conseguir pregar os olhos. Procurou no jornal algo que não tivesse

lido, somente para dar-se conta que não havia nada
lá de realmente interessante.

. . .

*Tardinha*

A luz que entrava pela janela do minúsculo e
imundo apartamento de Américo era da cor avermelhada
do crepúsculo.

Era chegada a hora. Foi ao banheiro. Após
urinar, voltou-se a pia para lavar as mãos.

Olhou-se no espelho. Contemplou a si mesmo
como nunca fizera antes: se de todas as outras vezes
buscou seu reflexo apenas pela vaidade de
impressionar as damas que encontraria na vida
boemia, então aquele mesmo reflexo lhe despertara
inesperado orgulho próprio.

Tomou um banho. Colocou perfume francês
caríssimo, bem como o smoking que lhe caia próximo à
perfeição, costurado sob medida por uma das maiores
modistas do Rio de Janeiro. No cabelo, brilhantina,
e nos pés, sapatos italianos perfeitamente
engraxados.

- *Se é para morrer, então que eu morra
vencedor e aclamado pelas mulheres!* - jurou ele
para si mesmo, olhando, altivamente, para a janela
de onde vinham já os raios prateados da lua,
anunciando que a noite acabara de chegar.

. . .

O glamour da Casa Peccado e do torneio de
sinuca era o mesmo do dia anterior. Mas, então, era

Américo quem desfrutava da fama que os ares de favorito lhe concedia. Tanto os fotógrafos dos jornais quanto as damas do cabaré o assediavam como se campeão já fosse.

Os oponentes passam a se enfrentar nas fases finais do torneio. O murmurinho chegava a apontar os jogos como meras disputas para ver quem ficaria com o segundo lugar, pois o primeiro - pensavam quase todos - já estava garantido para o misterioso e elegante malandro de smoking.

Américo bebericava sua limonada junto ao bar, sendo quase que ritualistico o ato de pedir a bebida antes de cada partida. Era observado constantemente por Carvalho que, mesmo vencendo com certa facilidade a seus oponentes, lhe direcionava evidente olhar de inveja.

A cada partida, shows de sinuca por parte do malandro, maravilhando a plateia. Entre as partidas, o show era de dança: não bastasse ser elegante e eximio jogador, tratava-se também de espetacular dançarino. Ele dançava, bebia e cantava como se fosse o último dia de sua vida. Não tinha pudores em beijar mais de uma dama.

Apenas uma mulher não se aproximou em momento algum para dançar ou se insinuar ao favorito de todos e todas naquela noite. Sempre sozinha em sua mesa, Bárbara observava atentamente.

Os finalistas eram óbvios e não surpreenderam ninguém. O cabaré parou, e a mesa estava bem no centro da pista de dança. Os confetes preparados, e a plateia em volta. Carvalho já estava junto à mesa, esperando pelo oponente que sabia ser-lhe muito superior.

Do bar, Américo tomou seu último copo, e levou-o consigo até a mesa.

O jogo começou. A primeira tacada de Américo, que parecia controlar magicamente a trajetória da bola, impôs logo de cara sua superioridade. Depois de três jogadas que desafiavam os olhos da plateia, ele propositalmente colocou a bola numa sinuca de bico, apenas para provocar Carvalho.

O pobre oponente pôs-se a tentar sair daquela situação. Ao mesmo tempo, Américo tomou mais um gole daquele copo que trouxe de junto ao bar.

Carvalho não conseguia sair da sinuca de bico. Era novamente a vez de Américo.

Entretanto, o teor flamejante do líquido e o sabor inconfundível do álcool logo foram reconhecidos pelo malandro. Desolado, ele levou o copo, no qual bebia, até o nariz.

A limonada era, na verdade, uma caipirinha.

Tomado pela angústia, Américo tentava entender o que estava acontecendo. Olhava, intimidado, em todas as direções. E, quando se apercebeu de que era sua vez de jogar, viu que o *drink* já lhe fazia efeito.

Mal podia ver as bolas, embaçadas diante de si.

Américo errou feio a jogada. A plateia riu, julgando ser mais uma provocação. Daquela vez, contudo, Carvalho não estava numa sinuca de bico: encaçapou várias bolas, e naquele momento foi ele quem deixou a bola de Américo numa complicada situação.

O malandro tentou sair. Não conseguiu. Carvalho seguiu fazendo mais pontos, e, finalmente, encerrando sua jogada colocando Américo em difícil situação.

Ele errou mais uma vez sua jogada.

A plateia mostrava-se preocupada. Estava cada vez mais evidente que Américo não estava errando de propósito, mas parecia totalmente perdido no jogo. Era como se seu talento tivesse esvanecido. Diante de uma multidão calada, Carvalho destilou todo seu talento, encerrando o jogo com facilidade.

O final foi um anticlimax. Tão logo se recobraram da surpresa, os fotógrafos registraram o momento, enquanto o locutor entregou o troféu ao vencedor sob a chuva de confetes. O samba voltou a tocar, e as mulheres, a rodear o campeão.

Américo, por seu turno estava parado, confuso, derrotado e desolado. E, naquele estado, não foi capaz de perceber Bárbara olhando-o atentamente de sua mesa, com aqueles misteriosos olhos sombreados, enquanto bebia a limonada que era para estar no seu copo.

. . .

Américo chegou arrasado na espelunca onde morava. Tirou o terno e os sapatos, ficando somente de calça e com uma camiseta branca encardida, que usava quando em casa. Perguntava-se insistentemente o que teria acontecido.

Passou a noite em claro. Sabia que, no dia seguinte, Baixote e Gorila - os capangas de *Seu Agenor* - viriam cobrar a dívida. Enquanto os raios do sol entravam pela janela, a angústia de esperar pela morte tomou sua alma, embora não fosse capaz de superar seu desânimo e desolação.

O dia passou. Os raios dourados da manhã tornaram-se avermelhados com o crepúsculo e, depois, prateados com a lua:

- *Morrerei de noite. Apropriado!* - pensou ele.

Mas ninguém cruzou a porta.

- *Estranho.* Seu Agenor *nunca altera seus prazos...* - questionou Américo a si mesmo.

Os dias foram passando. A desesperança foi crescendo, assim como a barba do malandro. Apesar de achar estranho, imaginava que a qualquer momento a porta seria aberta por Baixote ou posta abaixo por Gorila, seguindo-se seu triste fim.

. . .

*Uma semana se passou*

Era domingo. Em sete dias, o mais implacável agiota do Rio de Janeiro não mandou ninguém atrás de Américo. Estava confuso, mas já tomava coragem para sair à rua, beber, retornar a vida. Barbudo e desarrumado, usava a mesma roupa da semana passada, já encardida a ponto de quase amarelada.

Ele caminhou pelas calçadas, vendo outros boêmios beberem e dançarem. Os jogos de sinuca, entretanto, lhe eram pesarosos de assistir. Desviava deles o olhar.

Não teve vontade de entrar em nenhum bar, nem de cortejar as mulheres. Apenas observava, sem desejar nutrir esperanças de que viveria por muito tempo para desfrutar de tudo aquilo. Voltou para casa, ainda temeroso de ser abordado a qualquer momento por um bandido.

Abriu a porta.

– *Olá meu belo* – disse Bárbara, sentada numa cadeira do deplorável apartamento de Américo.

– *O que faz aqui?* – perguntou ele, mais confuso ainda.

– *Não sentiu saudades?*

– *Queria ter sentido...*

– *Mas não sentiu porque ficou aqui esperando pelo pior, não é?*

– *É.*

A morena se levantou e aproximou-se dele:

– *Esperou tanto que nem teve tempo de fazer a barba e tomar um banho?*

Américo somente direcionou a ela um olhar de reprovação pelo comentário, indo até a cama e sentando-se sobre ela. Bárbara então puxou um cigarro.

- *Mas eu tenho algo que pode acabar com sua espera* - disse ela, após a primeira tragada.

Atordoado com as palavras da mulher, Américo lançou a ela um severo olhar inquiridor.

- *Não aconteceu o pior, pelo qual você esperava, porque sua dívida foi paga, meu belo* - revelou Bárbara.

- *Como assim?*

- *Simples* - respondeu ela, sentando-se novamente, cruzando as pernas e inclinando a cabeça direção a Américo, com um sorriso ardiloso no rosto: - *Depois de suas demonstrações no primeiro dia de torneio, Carvalho despencou na banca de apostas. Eu simplesmente apostei nele. Seu favoritismo era tanto que esta aposta era muito, muito rentável! Com o dinheiro, paguei sua dívida.*

- *E como sabia de que eu iria perder?*

- *Pelo seu fraco para bebidas.*

- *Sim, mas como adivinhou que as bebidas seriam...* - Américo arregalou os olhos e abriu a boca, buscando palavras - *H-Hei! F-Foi você quem trocou minha limonada por caipirinha!* - protestou ele, levantando-se da cama e com o dedo em riste para a moça, após finalmente encontrar o que dizer.

Bárbara charmosamente soprou a fumaça do cigarro pelos seus lábios sem pintura:

- *Foi...* - confirmou ela, sorrindo maliciosamente.

Américo respirou fundo para conter a raiva, enquanto caminhava pelo apartamento. Até que se deu conta de outra coisa: ela tinha salvo a vida dele, que perdeu de forma convincente.

Surpreendente, mas convincente.

Américo emitiu um sorriso de alívio e agradecimento no rosto.

– *Bárbara...como a Santa?* – perguntou o malandro, com aquele mesmo sorriso.

– *Quase...* – respondeu a morena, depois de abrir a boca, respirar fundo e pensar um segundo antes de concordar.

Américo então se aproximou da cadeira onde sua visitante estava sentada e inclinou a cabeça em direção a ela:

– *Obrigado. Não sei como lhe agradecer. Agora não devo a mais ninguém...* – disse.

Mas foi então que o sorriso de Bárbara tornou-se diabólico:

– *Não meu belo. Você não entendeu ainda. Agora você deve* pra mim – ela foi enfática ao dizer "pra mim" – *Logo vai perceber que isto é bem diferente* – sentenciou.

Américo desfez imediatamente o sorriso. Bárbara então arrematou, levantando-se da cadeira:

*— Agora vá tomar banho, mudar de roupa e fazer a barba. Quero você impecável novamente para esta noite...*

# DOSSSIÊ 0666

–

# FENÍCIA

Os bombeiros avançavam pela Faculdade de Direito da Universidade do Brasil, encharcando as paredes chamuscadas pelo incêndio que fora vencido. Do lado de fora, na rua, algumas vítimas recebiam atendimento médico.

Ao redor, a população observava, estupefata, algumas colunas de fumaça escapando pelas janelas.

O que a população não sabia era que se tratava de incêndio. Segundo o relatório do Capitão do Corpo de Bombeiros, a provocante mulher de cabelos vermelhos que incendiou pontos estratégicos do prédio para transformá-lo num inferno em chamas sabia *exatamente* o que estava fazendo.

Os bombeiros tiveram trabalho para contê-la. Conforme foi apurado, ela derrotou facilmente os dois seguranças do prédio, que tentaram barrar-lhe a entrada ao notarem seu vestido vermelho indecoroso e o estranho lenço amarelo trazido ao pescoço. Foi somente após alguns bombeiros caírem ao chão que, num golpe de sorte e pelas costas da mulher - que, furiosa, gritava e fazia escândalo - o referido capitão conseguiu derrubá-la, com uma pancada na cabeça.

Quando a polícia foi chamada, o Inspetor Calistro - homem elegante de cabelos negros que pareciam estar sempre molhados - algemou a ruiva. Ela estava desacordada, e foi colocada no banco de trás da viatura.

Mas qual foi a surpresa do Capitão Bombeiro e do Inspetor Calistro quando um dos alunos do Curso de Direito chamou-os discretamente num canto e esclareceu o porquê daquele ocorrido?

Após o referido inspetor, isolado por outros policiais, falar com o pai do estudante em um telefone público, o capitão tratou de arquivar as anotações que fez sobre do incêndio. A papelada logo sumiria. Ao chegar à imprensa, o capitão disse que um acidente causou todo aquele problema. Enquanto isso, Calistro ordenou que quatro guardas levassem a moça para dentro de uma viatura.

...

- *Então, como a gente faz?* - perguntou um dos policiais, após abrir a viatura e dar de cara com a ruiva desacordada e algemada.

- *Tira ela de dentro da viatura e dá um tiro na cabeça* - respondeu o guarda, gordo, baixo, de bigode de morsa e farda encardida, que exalava cheiro de suor.

- *Do jeito que você fala parece fácil, né Batata?* - disse outro dos guardas, chegando por outra direção da viatura e falando em voz alta o nome do sargento.

- *Não diga meu nome, imbecil* - respondeu Batata, segurando o policial que pronunciou seu nome pelo colarinho da farda após olhar em redor do beco deserto verificando se havia algum enxerido por perto - *tirem-na daí, rápido!* - ordenou ele.

O outro guarda então abriu a porta da viatura, abaixando-se para puxar o corpo.

O chute foi certeiro no queixo.

Os demais arregalaram os olhos diante da destreza da mulher ao pôr-se de pé mesmo algemada. Sem reverência ou explicações, desferiu uma pesada com sua bota de salto agulha na virilha de outro guarda, fazendo-o cair de joelhos. Depois, um chute no rosto do policial que estava a seu lado, deslocando seu o maxilar. Por fim, empurrou o guarda, que estava de joelhos devido a dor que sentia, levando-o ao chão.

Trêmulo, Batata sacou o revolver. Disparou sem atingi-la, correndo ziguezagueando em sua direção. Ela então saltou, apoiando o pé numa das paredes do beco estreito, e desarmou o policial com um chute desferido com o outro pé. Ao cair, deu-lhe uma fulminante rasteira, deixando Batata esparramado pelo chão.

Os quatro policiais estavam nocauteados. Bufando, ela abaixou-se e, mesmo de costas, pegou a chave das algemas no bolso de Batata, não sem antes chutar-lhe o rosto para impedir qualquer revide. Após libertar-se, tomou o isqueiro que trazia consigo e um pedaço de jornal velho no chão, abrindo logo depois a entrada de combustível da viatura.

O carro incendiou e depois explodiu, por pouco não ferindo aos quatro policiais derrotados. Deixando para trás a viatura em chamas e os guardas ao chão, a mulher dos cabelos vermelhos se retirava caminhando triunfante, mas com os olhos transbordando desejo de vingança.

...

   *- Como assim ela escapou de quatro guardas?* - perguntou o senhor imponente, meio calvo,

elegantemente vestido com um terno riscado caríssimo
- *Vocês não conseguem fazer nada direito?* -
questionou, levantando-se de sua confortável cadeira
a frente da janela através da qual era possível ver
a Avenida Rio Branco, endereço de seu imponente
escritório de advocacia.

O rádio tocava a Ópera "O Guarani". O velho
advogado era um apaixonado pelas obras de Carlos
Gomes.

- *Dr. Batista, parece que a moça tinha alguns
truques na manga. Mas vamos resolver isto para o
senhor* - disse em tom suave o Inspetor Calistro,
sentado com as pernas cruzadas diante da mesa e
gesticulando delicadamente como era de seu feitio.

O respeitável advogado bufou. O Inspetor
então prosseguiu

- *O Delegado da Jogos e Costumes, Dr. Abner,
me destacou para cuidar desta delicada situação, e
está totalmente empenhado em mantê-la no total
sigilo.*

- *Não é Abner minha preocupação* - respondeu
o homem, virando-se para o policial após olhar pela
janela - *É Leônidas.*

- *O coordenador da Divisão de Investigações
da Corregedoria da Polícia* - confirmou Calistro.

- *Exato.*

- *Honesto, Intocável, preferido dos
promotores, respeitado pelos seus homens* -
complementou o Inspetor - *me surpreende que ainda*

não deram um jeito nele, já que mexe com muitos esquemas de vários policiais nas ruas.

O advogado arfou discretamente, e sentou-se em sua cadeira:

– *Ele já provou ser cobra criada, e há muito a polícia do Rio tenta se sanitizar, meu caro Inspetor* – explicava o Dr. Batista, em tom condescendente, – *Além disso, homens como Leônidas geram tanto na população quanto nos ideólogos a sensação de que esta limpeza realmente ocorre, quando na verdade é somente o paliativo para impedir a total degeneração do sistema. E, convenhamos, ele nunca conseguiu chegar nem perto dos peixes grandes.*

– *Então, qual a preocupação do senhor?*

– *Se vocês ou aqueles guardas que levaram a surra forem pegos por ele, imediatamente o caso virá à tona na imprensa.*

– *Entendi* – disse Calistro, levantando-se e pegando seu chapéu – *tomaremos cuidado. E eliminaremos aquela mulher.*

– *É o que espero.*

– *Dr. Batista, Sr. Batista filho* – despediu-se o Inspetor, olhando tanto para o homem com quem conversava quanto para o estudante da Faculdade de Direito, que estava calado e retraído num canto da sala, a ouvir a conversa.

– *Veja só a confusão onde se meteu!* – repreendeu Batista, levantando-se da cadeira assim que o inspetor saiu – *se isso vazar, a reputação de nossa família, tida como bastião da moral udenista, ficará arranhada.*

　 - *Mas pai, eu...*

　Batista não o deixou terminar, dando-lhe um tapa no rosto. - *Não me responda! Agora saia daqui. E não me apronte outra sujeira como esta!*

　Batista sentou-se mais uma vez na cadeira, após pegar uma garrafa de conhaque e um copo, enquanto seu filho saia resmungando do escritório:

　 - *Maldita noite que conheci aquela deusa flamejante* - murmurou o rapaz.

　　　 ...

　Foi numa noite de sexta-feira, no Cabaré Ilusão, que eles se conheceram. Batista Filho estava junto a seus colegas do curso de Direito da Faculdade do Brasil, todos de famílias ricas e influentes, bebendo, cantando e gritando no *dancing*. Ela, por sua vez, dançava sensualmente com seus quadris e temperava os passos roçando a lingua em seus lábios vermelho-sangue. Os longos cabelos dela eram vermelhos, e estava vestindo um corpete carmesim com decote generoso, calçada por longas botas de salto alto da mesma cor. Do corpete saia um rabinho pontiagudo, e sobre sua cabeça havia dois chifres, o que lhe caracterizava como uma "diabinha". A árvore cenográfica com folhas laranjas e maçãs suculentas realçavam sua fantasia, enquanto fagulhas vermelhas choviam sobre o palco no qual ela manejava malabares de fogo.

　Os estudantes, bêbados, exultavam.

*- Então com calor rapazes?* - provocou ela ao fim do número, deitando-se de bruços na beirada do palco.

As mexas vermelhas que caiam rente aos olhos verdes da dançarina eram como a maça do Éden: um convite ao pecado.

Todos a desejavam, mas Batista Filho parecia perdidamente enfeitiçado por aquela mulher. Quando os olhos verdes dela encontraram ao rapaz, ele não resistiu, quanto mais estimulado pelos colegas bêbados:

*- beija, beija, beija!*

Não ficou só no beijo.

As noites seguintes foram igualmente ferventes. Ela cada vez mais se apaixonava pelo seu "futuro doutor". Ele, por sua vez, foi se embriagando pela desenvoltura da moça na cama e pelo fato de desfrutar da mais bela dançarina da casa quando e como quisesse.

Sentia-se poderoso. O dono do cabaré.

Mas aquele amor flamejante estava bem próximo a um enorme barril de pólvoras. Batista Filho tinha como noiva a filha de um importante Deputado Federal. Por sua vez, a amante era uma mulher geniosa, colérica e possessiva. O filhinho de papai engomadinho simplesmente não sabia como contar a verdade para sua "deusa flamejante".

Foi daí que ele tomou a atitude típica dos mimados que se julgam inteligentes e espertalhões:

simplesmente deixou de procurar a moça por alguns dias e fingiu que nunca a conhecera.

Obsessivamente, ela seguiu seu amado e fez escândalos nos outros cabarés que ele passou a frequentar, se revelando muito hábil na capoeira e no uso do fogo quando abordada pelos seguranças locais que tentavam impedi-la para proteger o ilustre cliente. Covardemente, ele sempre dava um jeito de fugir: pelos fundos, pela janela...

Até que ela descobriu que ele tinha uma noiva. Resolveu então botar fogo na faculdade onde o rapaz estudava, e revelar para o caso todo mundo.

...

Fim de tarde, hora da caçada. Calistro parou ao lado do carro comum, estacionado numa das muitas vielas do centro da cidade. Colocou então dois dedos sobre a testa, massageando-a.

- *Algum problema, chefe?* - perguntou, chegando numa viatura, o detetive Freitas, da DJD, homem pitoresco e mal vestido que gostava de exibir o distintivo na cintura. Ao seu lado, o sargento Batata. Juntos de Calistro, formavam um trio temido na boemia carioca, esculachando cafetões, prostitutas, dançarinas e cantoras de cabaré que esqueciam seu "devido lugar" à margem da sociedade.

- *Lógico que sim* - respondeu o Inspetor ao detetive com sua habitual suavidade e polidez, - *além de cuidar do filhinho dos outros e suas aventuras boemias, ainda tenho que me preocupar com Leônidas.*

- *O tal lá da Corregedoria?* - perguntou Freitas.

- *Ele mesmo.* - respondeu Calistro.

- *Já ouvi falar deste cara* - disse Batata, - *ele está na nossa cola?*

- *Até onde sei, não. Mas não podemos dar-lhe pistas.* - respondeu o Inspetor.

- *Bem não devemos perder tempo. O Delegado Abner nós mandou dar um jeito naquela prostituta o mais rápido possível!* - alertou Freitas.

Os três foram então interrompidos:

- *Ela não é prostituta.*

A fase foi dita pelo elegante homem que surgiu do outro lado da viela, apagando o fósforo do cigarro que levou a sua boca. Aproximando dos dois carros, estava elegantíssimo: vestia um terno branco que se encaixava perfeitamente em seu corpo sem nenhuma ruga, trazia uma rosa vermelha pendurada no lado esquerdo de seu peito, anéis de ouro em alguns dedos, cabelos lisos brilhantes com gel e sapatos perfeitamente engraxados.

- *Narciso, de prostituas você entende não é?* - disse Freitas, revelando a identidade do detetive que acabara de chegar.

- *O nome dela é Jezabel da Silva, vulgo "Fenícia"* - esclareceu Narciso - *uma dançarina de Cabaré com passagens pela Delegacia de Jogos e Diversões por exercer a profissão sem registro.*

- *Isso nos já sabemos* - respondeu Calistro, em tom pedante.

- *De fato Inspetor.* - retrucou Narciso, fazendo força para ser respeitoso - *mas o que vocês talvez não saibam é que a alcunha "Fenícia" significa "vermelho" e era o nome dado pelos gregos aos navegadores do Oriente Próximo, devido aos tecidos carmesim que produziam, mesma cor dos cabelos de nossa investigada.*

- *Tá, e daí?* - perguntou Batata.

Narciso sorriu.

- *É por isto que você não passou no concurso para investigador, meu caro guarda.* - respondeu ele deixando Batata furioso.

Narciso continuou:

- *Isto é revelador quando sabemos se tratar de uma mulher que faz shows pirotécnicos, já incendiou um camarim por acidente ao brincar com isqueiros e treinou capoeira com a Malta dos Pés de Ouro, conhecida por casar sua arte marcial com chamas. Sabendo lutar daquela forma, dispensou assim qualquer relação de dominação com um algum cafetão travestido de agente.*

- *Maravilha* - exclamou, murmurante, Calistro, - *estamos enfrentando uma prostituta obsessiva e descontrolada, possivelmente piromaníaca e exímia lutadora corporal.*

- *Desculpe senhor* - disse Narciso, contrariado, mas novamente tentando ser respeitoso com seu superior - *seria mais exato dizer que* *estamos enfrentando uma <u>dançarina</u> obsessiva e descontrolada, possivelmente piromaníaca e exímia lutadora corporal.*

– *Não interessa!* – reclamou Calistro fazendo um gesto de basta com a mão, levantando pela primeira vez sua suave voz – *Vamos nos dividir e tentar achá-la.*

Eles dividiram-se então em duplas, cada uma num carro.

– *Qual é a deste cara?* – perguntou Batata para Freitas, enquanto este dava partida na viatura.

– *Parece que ele adora prostitutas.* – respondeu o detetive ao guarda.

. . .

Um chute forte arrombou a porta. Nada de mandados ou de voz de prisão: os policiais já entraram armados com seus revólveres na pocilga localizada no bairro do Estácio. Era o apartamento de Fenícia, estava meio desarrumado e havia um leve cheiro de queimado no ar. Mas estava vazio.

– *Possivelmente que ela passou por aqui* – disse Freitas olhando as coisas na casa.

– *A questão que realmente nos interessa é onde ela está* – respondeu Calistro, ao mesmo tempo em que observou Batata mexendo nas roupas íntimas da moça para cheirá-las: – *Quer parar com isso?* – repreendeu o Inspetor com uma mão na cintura e outra na cabeça, violando pela segunda vez no dia seu tom pacato de voz.

- *Melhor ainda é saber para onde ela está indo neste momento* - alertou Narciso, aproximando-se de uma mesa na cozinha.

Os outros três aproximaram-se do detetive, e viram o que estava sobre a mesa. Tratava-se de um jornal, marcado com a data do dia, no qual era mencionada a encenação de "O Guarani" numa respeitável casa de shows em Ipanema. Segundo o mesmo jornal, tal ópera, patrocinada pelo Dr. Batista, teria a presença de toda a sua família.

A foto dos Batista estava queimada.

- *Batata, traga seus homens* - ordenou Calistro - *temos que chegar lá e deter esta prostituta.*

Narciso jogou furiosamente o jornal contra a mesa.

- *Tá ok, ta ok!* - retrucou Calistro, tentando baixar o tom de voz - *Dançarina! Está melhor assim?*

Narciso sacou o março de cigarros, e apenas olhou para os outros três enquanto acendia um deles:

- *Vamos então!* - disse Calistro.

...

O velho advogado e seus familiares estavam alienados pelo espetáculo de cores no palco, cujas luzes chegavam a refletir em seus rostos. Ao mesmo tempo, Fenícia caminhava pelos bastidores da casa de shows, com uma fita amarela amarrada ao pescoço. Corpete e calça vermelha, minissaia e salto de camurça escura: caídos atrás de si, os quatro seguranças do local urravam de dor.

Do lado de fora o Inspetor Calistro e os detetives Freitas e Narciso saíram do carro comum, logo se encontrando com Batata e mais quatro guardas chegando numa viatura.

- *Sejam discretos!* - ordenou Calistro - *Eu vou falar com o Sr. Batista para que ele se retire. Narciso e Freitas entram pela frente, enquanto Batata segura com os guardas pelos fundos. Se a encontrarem, matem a prostituta.*

Narciso jogou o cigarro no chão e pisou nele.

- *Ela não é prostituta*!

Novamente Calistro colocou uma das mãos na cintura e a outra na cabeça, como se estivesse lutando para não perder a paciência:

- *Se disser isto de novo, eu juro que dou um tiro em você!* - prometeu o inspetor.

Os policiais então se dividiram. Batata e os guardas adentram pelos fundos enquanto Calistro apresentou seu distintivo à portaria, entrando com os dois Detetives.

- *Vou avisar ao Sr. Batista. Vocês dois procurem ela.* - orientou o Inspetor

- *Vamos nos dividir* - propôs Narciso. - *assim cobrimos uma maior área.*

Freitas não se opôs.

Enquanto isso, no teto e sobre os holofotes, Fenícia observava os alvos, enquanto seu coração batia acelerado e o peito queimava de ódio por ver abraçados Batista Filho e uma jovem magrela de cabelos castanhos.

Já tinha tudo preparado. Bastava riscar um fósforo...

– *Sr. Batista, me perdoe incomodá-lo* – disse Calistro discretamente ao pé do ouvido do advogado – *mas o senhor tem que se retirar junto com sua família, o mais rápido possível.*

Batista respondeu com um olhar discreto, iracundo, de reprovação.

Calistro não teve tempo de se explicar.

Fenícia riscou o fósforo.

A casa de shows se tornou um inferno flamejante, estrategicamente montado para prender a família Batista em seu camarote, cuja saída desabou e ardia em chamas. Uma multidão corria para a saída do estabelecimento, e os artistas fugiam pelos lados do palco. A gritaria devido ao pânico era geral.

– *VOCÊ NÃO VAI ME DEIXAR* – decretou Fenícia do alto de um holofote que acendeu em direção a camarote onde estava a família Batista – *VOCÊ É MEU! MEU!!!*

Tanto a esposa de Batista quanto a noiva de Batista Filho perguntavam desesperadamente *"quem é ela"* e *"o que está acontecendo"* para seus respectivos acompanhantes.

Calistro sacou sua pistola e disparou. Ela agilmente escapou dos tiros, usando sua graciosidade como dançarina nas armações do teto e arremessando em direção ao Inspetor um objeto em chamas que parecia uma bola de fogo, fazendo o policial, atingido no rosto, cair gritando do camarote nas cadeiras lá embaixo.

Fenícia pousou suavemente no corredor que cortava as cadeiras da casa de espetáculos. Parecia controlar cada chama no local – *NÃO VOU DEIXAR BARATO VOCÊ TER ME ABANDONADO POR ESTA MAGRICELA* – decretou ela, de forma histriônica, após uma enorme fogueira surgir repentinamente diante de si – *PROVE QUE ME AMA: LANCE ESTA MULHERZINHA AO MEU ALTAR DE PAIXÃO, E VOCÊ ESTARÁ PERDOADO!*

As mulheres no camarote estavam desesperadas, sem nada compreender – *quem é ela e porque está dizendo estas coisas?* – perguntou a noiva de Batista Filho.

Do lado de fora, sirenes de viaturas polícia e dos bombeiros, chegando cedo demais para um incêndio e tiroteio que acabou de começar. As mangueiras foram acionadas para conter As chamas, e uma equipe especial, já plenamente ciente de que precisava resgatar os Batista do camarote principal, adentrou na casa de shows.

Ao mesmo tempo, atacaram os guardas vindos dos fundos, sob o comando de Batata, que permaneceu no palco enquanto municiava um revolver. Furiosa, Fenícia quebrou a perna logo do primeiro com um chute, apoiando-se numa cadeira para acertar a genitália do segundo e saltar em torno de si mesma para trás, derrubando o terceiro. Encerrou a sequência com um chute que lançou o quarto guarda a alguns metros na direção de Batata.

Aproveitando-se da distração dela, os bombeiros adentraram enfrentando as chamas, retirando rapidamente o Sr. Batista e sua família do camarote momentos antes dele ser reduzindo a cinzas. Freitas, por sua vez, chegou pela entrada principal com seu revolver em punho, mirando perfeitamente na cabeça da mulher.

O tiro seria mortal.

- *Nem pense nisso* - ameaçou Narciso, surgindo imediatamente após a entrada de Freitas, sem que este percebesse - *e isto vale para você também, Batata* - completou ele, após atingir com precisão cirúrgica o revolver do guarda que estava prestes a atirar em Fenícia.

- *Miserável, desgraçado, filho da p.* - xingou Freitas, inconformado - *então era isto? Estava fingindo o tempo todo para protegê-la?* - questionou, irado por ter sido enganado pelo colega detetive.

Fenícia por sua vez observava, em xeque, mas já planejando uma fuga.

Narciso deu uma tragada no cigarro fino, com seu jeito sedutor e vagaroso. Ele nada respondeu, enquanto do lado de fora se escutava as sirenes do corpo de bombeiros e da polícia.

Aquela fora a deixa para o ataque de Fenícia pelas costas de Freitas, dando-lhe uma rasteira e depois acertando-lhe a cabeça quando ele caiu no chão. Levou-o ao nocaute. Batata então fugiu. E a bela dançarina de vermelho levantou-se, com o inimigo desacordado ao seu lado:

– *Porque me ajudou?* – perguntou ela entre os dentes e ainda ardendo em fúria.

A polícia entrava naquele momento.

– *Quem disse que lhe ajudei?* – respondeu Narciso, deixando o cigarro cair ao chão, pisando nele para apagar sua chama e disparando um tiro na perna da mulher, fazendo-a cair ao chão gritando de dor e de ódio.

As chamas foram controladas e a família Batista, salva sem ferimentos graves. Leônidas, junto a homens da ouvidoria da polícia, tomaram o local e algemaram tanto os guardas como o Detetive Freitas.

– *Estes quatro são os policiais que tentaram matá-la. Freitas estava envolvido a mando de Calistro* – explicou Narciso – *Batata fugiu, aquele rato.*

– *Tudo bem* – respondeu Leônidas – *pelo menos conseguimos esclarecer o problema do incêndio e pegar Calistro, de quem eu estava atrás há um bom tempo. Eles estavam investigando o caso sem inquérito instaurado e mentiram acerca do carro que explodiu. Pegando-a viva e interrogando-a, colocamos um ponto final tanto nesta situação quanto na atuação destes três, extorquindo e matando prostitutas e cafetões pela noite.*

Narciso pegou outro cigarro, e o acendeu.

- *Sua colaboração foi fundamental para que a Corregedoria os capturasse, Narciso* - disse Leônidas recusando um cigarro oferecido pelo detetive - *Mas tenho uma dúvida.*

- *Pois não?* - respondeu Narciso, tirando o cigarro da boca e expelindo fumaça, garbosamente.

- *Era realmente necessário o tiro na perna?*

- *Sim*

- *Por quê?*

- *Ela iria fugir, atingindo mais guardas. E digamos que, no caso do tipo de mulher que ela é, não vi motivos para ser compassivo.*

- *E de que tipo seria ela?*

Narciso deu mais uma tragada no cigarro e virou-se de lado para ir embora:

- *Não é prostituta...* - respondeu o detetive.

# DOSSSIÊ 1733

–

# INVESTIGAÇÕES INTERNAS

A chuva prateada de confetes caía sobre os dançarinos na pista da gafieira. Ao redor, nas mesas, havia aqueles que admiravam os passos dos homens de camisas listradas e das mulheres de vestidos brilhosos.

– *Esperando por alguém?* – disse a moça, colocando as mãos nos ombros do rapaz de brilhantina no cabelo e copo de água tônica na mão.

– *Sabe que sim* – respondeu ele, sem olhar para trás nem esboçar surpresa, levando o copo a boca. Já tinha percebido, sem esboçar reação, a chegada da mulher.

Ela se sentou de frente para ele, que pôde então contemplar seus olhos castanhos, quase esverdeados. Os cabelos dela, presos num alto rabo de cavalo, caiam por cima do ombro direito.

A mesa era um pouco isolada, próxima a uma janela que dava para o beco de trás da gafieira. O rapaz fez um sinal para o garçom que, chegando, trouxe uma cerveja para sua acompanhante.

– *Se atrasou* – disse ele.

- *É difícil trabalhar de graça.*

Ele inclinou-se para frente, colocando a mão no bolso de trás:

Ela o interrompeu:

- *Não foi uma reclamação, querido. Pra* você *é de graça.*

Ele guardou a carteira.

- *Se bem que você poderia ser mais gentil comigo* - complementou a moça com voz provocante e suave, enquanto o pé dela, numa delicada sandália de salto prateada, roçou a coxa dele por debaixo da mesa, desafiando a lógica da flexibilidade.

- *Já conversamos sobre isto, Cibele* - disse o rapaz polidamente, mas atordoado pela elasticidade da mulher.

- *Entendo. Aquela insossa da Isabel* - retrucou a dama, contrariada, tomando então da cerveja - *e acho engraçado você usar meu nome ao invés do apelido.*

Ele sorriu.

- *Não acho que aquele apelido cai bem em você* - respondeu - *Agora, fale-me sobre esta nova Malta.*

Longe dali, enquanto o casal conversava, um jovem *capoeira* era atingindo por um chute, sendo violentamente lançado de cabeça contra a parede de um dos prédios coloniais numa das muitas vielas do centro da cidade. Ele caiu desacordado, e o sangue deixou na parede uma marca sinistra.

- *Lutam no estilo "quebra-osso", e estão trabalhando para o Zé-Caolho, tomando território da Malta dos Pés de Ouro* - respondeu Cibele.

O autor do chute naquela viela foi um homem alto e forte, cujos músculos saltavam pelo seu dorso coberto por uma camiseta vermelha de listas pretas. Era cheio de cicatrizes, além da marca de iniciação em cultos afros e das guias na mesma combinação de cores. A cabeça do homem era totalmente calva, na qual se notava uma tatuagem pouco compreensível. E seu sorriso parecia deliciar-se com brutalidade pela qual derrubara outros três oponentes, todos eles com alguma fratura grave no corpo.

- *Zé-Caolho eu conheço. Faz serviço sujo para Jogo do Bicho. Mas o que é "quebra-osso" e "Pés de Ouro"?* - perguntou o rapaz à sua acompanhante.

A viela ardia em chamas. Dois *capoeiras* de camisas listradas em vermelho e preto gritavam enquanto rolavam pelo chão, incinerados. De um lado, o grupo de guerreiros com roupas rubro-negras, liderados pelo poderoso homem calvo. Do outro, capoeiras elegantes em trajes brancos com lenços amarelos ou dourados no pescoço, tendo à frente um homem com uma garrafa de cachaça na mão.

E, assistindo a batalha no extremo da viela, um gari varria tranquilamente a rua

Cibele riu - *às vezes é engraçado como alguns policiais sabem tão pouco sobre a marginalidade* - ponderou, antes de responder - *São estilos de capoeira. Meta-se com os primeiros e você*

*terá algumas fraturas expostas. Encare os segundos e
será incinerado, pois usam objetos flamejantes junto
com seus ataques.*

Os de vermelho e preto eram maioria, sete ou
oito. Do outro lado, uma mulher bronzeada, de
vestido dourado e cabelos negros cacheados, lutava
junto a dois rapazes, além do homem com a cachaça na
mão.

- *Estilos de capoeira? Isto existe?* -
questionou ele, com os olhos a brilhar e pondo em
xeque sua fleuma.

O *capoeira* com a cachaça na mão tomou mais um
gole, e disparou numa cusparada um jato de fogo
sobre seus oponentes. Cheio de fúria, o guerreiro
calvo de vermelho e preto avançou esquivando-se da
labareda e atacando ferozmente com uma série de
chutes poderosos. O pulso do cuspidor de fogo foi
então quebrado, fazendo-o despencar ao chão após a
perna ser fraturada pelo outro golpe que veio em
seguida, arrancando-lhe urro de dor.

- *Sim* - respondeu Cibele após rir de novo -
*quebra osso, navalhada, cospe fogo, gingado,
rastejante, bengala no ponto...vários são os estilos
de capoeira.*

Usando o fogo de várias maneiras (isqueiro,
tochas, materiais inflamáveis) os dourados tentavam
se defender dos ataques dos seus inimigos, mas o
fogo não vencia a agilidade nem o maior número
deles, que esquivavam-se das labaredas e jatos
flamejantes e contra-atacavam com sequências de
chutes tão impactantes que o medonho ruído dos ossos
estalando e se quebrando eram ouvidos mesmo longe da
travessa, pelo gari que não parava de varrer o chão.

- *Compreendo* - disse o rapaz.

- *É, você aprende rápido. Muito, muito rápido mesmo...* - concordou ela, desviando o olhar para cima como se especulasse sobre o que acabara de dizer.

Na viela, somente a mulher de vestido dourado sobreviveu à batalha.

- *Mas porque Zé-Caolho iria meter-se em brigas de Maltas e rivalidades de capoeiras?* - perguntou o rapaz, enchendo o copo de Cibele.

Os *capoeiras* de vermelho e preto saqueavam o corpo de seus inimigos, tomando o que eles tinham de valor. Já o gari que estava lá desde o começo da batalha deu uma olhada ao redor e, sereno, prosseguiu seu trabalho.

- *Território* - esclareceu ela.

Um carro parou do outro lado da viela, na qual se dera a batalha.

- *Território?* - questionou o rapaz - *o centro da cidade nunca foi dominado por nenhum bicheiro em específico. As bancas eram montadas e administradas por donos de dancings ou cafetões, sem nenhum bicheiro dominando o local.*

Um homem estranho saiu de dentro do carro.

- *Exatamente* - concordou Cibele - *é como esquecer uma carteira cheia de gaita numa rua vazia. Uma hora alguém vai pegá-la para si. Além disso, controlar o centro da cidade envolverá também controle sobre vários dancings, casas de shows e prostíbulos.*

O *capoeira* calvo deu ordem para que dois de seus homens acompanhassem aquele que acabara de sair do automóvel.

- *Verdade* - concordou o rapaz - *E você acha que estes locais serão achacados pelo Jogo do Bicho?*

Os *capoeiras* e o homem do automóvel caminharam em direção a um imóvel cujo samba ecoava à distância e as janelas revelavam uma chuva de confetes prateados através delas.

Cibele sorriu mais uma vez:

- *Acho não querido. Já estão!* - disse ela, bebendo outro gole de cerveja. O rapaz nem precisou ser alertado por sua acompanhante, atento que estava: três homens subiram as escadas que traziam à gafieira. Dois deles de camisa listrada rubro-negra e chapéu preto, além de cordões folheados a ouro. Liderando-os, outro homem, este de casaco branco, camisa e chapéu cinza. Usava um tapa-olho e tinha uma barba tão cerrada que mesmo raspada ainda ficava sombreada no rosto.

O dono da gafieira gesticulou com resistência tímida ao ser abordado por aqueles sujeitos mal-encarados, mas acabou por ir com eles até sua sala.

- *É melhor você sair daqui* - disse o rapaz.

- *Porque a pressa?* - perguntou Cibele.

*- Temo pelo que eles possam fazer a você. Este tipo de marginal não teria nenhum respeito por uma...*

Ele tentou interromper a frase. Cibele a terminou:

*- Prostituta?*

*- Não queria colocar de forma tão grosseira. Mas é mais ou menos isto. Ainda mais uma independente como você, sem cafetão para protegê-la.*

Ela se levantou, lenta e graciosamente

*- Acho triste* - disse ela.

*- O que?*

*- Você esquecer, e até subestimar, minha flexibilidade* - respondeu Cibele após colocar seu pé sobre o ombro do rapaz sem o menor esforço, deixando a fina e delicada perna perfeitamente esticada antes de recolhê-la com um sorriso provocador.

Ela se retirou do local.

Logo em seguida ele fez o mesmo, pagando sua conta e a dela.

. . .

Naquela rua deserta, o gari descansava apoiado em sua vassoura. Homem de meia idade e olhar paterno, recuperava o fôlego depois de uma jornada de trabalho, tendo como companhia as luzes de neon dos prédios em redor.

Um carro parou. O gari entrou nele.

- *Então, o que descobriu com as prostitutas?*
- perguntou o "gari".

- *Realmente trata-se de uma nova malta de capoeiras, não de ataques isolados.* - respondeu o rapaz, que dirigia o carro no trânsito intenso da imponente Avenida Rio Branco. Era o mesmo rapaz que estava na gafieira a falar com a mulher para quem pagara uma cerveja. Ele concluiu - *E tem dedo do Jogo do Bicho na parada.*

- *Acho que sei do que se trata* - disse o senhor.

- *Zé Caolho está envolvido e liderando a Malta.*

- *Imaginei. Só precisava confirmar. De quem você obteve esta informação?*

- *Da Cibele* - respondeu o jovem, enquanto fazia a curva para tomar uma das avenidas do Passeio - *ela foi a última informante que consultei esta noite.*

O homem de mais idade sorriu.

- *Cibele. Sempre prestativa* - disse ele.

- *De fato* - concordou o jovem - *e realmente o senhor estava certo: é surpreendente quantas coisas podemos saber pelas prostituas e pelas dançarinas de cabaré.*

O mais velho sorriu de novo

- *Bebida e sexo estão no topo da lista de compras de quase todos os criminosos* - disse ele, em tom didático - *portanto, você coletou informações diretamente entre as clientes de nossos alvos.*

- *E foi por elas que descobri como eles lutam: estilo quebra-osso.*

- *Eu sei* - confirmou o homem, após bufar, assumindo semblante mais preocupado - *eu os vi lutando agora a pouco. Vi também o líder da Malta. Temível e brutal, e bem servido de asseclas. Parecia as Guerras de Maltas de décadas atrás.*

- *Mas o que eles querem com o centro da cidade?* - perguntou o rapaz.

- *Zé-Caolho trabalha para o bicheiro Neto da Lapa, que domina São Cristovão, Santa Tereza, Glória e a própria Lapa. Além do lendário "Pagodeiro", quem domina a noite na Lapa e no Centro são os Pés de Ouro, que sempre preferiram bebida e dança a extorsão.*

- Pagodeiro *não se mete mais em confusão, apenas se preocupando com o lucro de sua Casa de Show* - disse o rapaz.

- *Exato. Restam somente os Pés de Ouro no caminho de Neto da Lapa.*

- *E então ele dominará o coração da boemia carioca!*

O mais velho apenas olhou para o rapaz, com semblante preocupado, confirmando sua afirmação logo em seguida com o balançar lento de sua cabeça.

- *De quantos guardas precisaremos?*

- *De centenas. Ou de um grupamento da Polícia Especial.*

O rapaz se assustou:

- *Cê ta de sacanagem né? -* retrucou ele - *tudo isso para pegar uma gangue de capoeiras?*

- *Você sabe o nível do pessoal da Guarda Civil. Dez, ou mesmo vinte guardas seriam dizimados.*

- *Então como fazer para pegá-los?*

O senhor riu enquanto o carro chegava ao estacionamento da Delegacia de Jogos e Diversões:

- *Simples garoto -* respondeu ele - *Agindo como polícia. Entendendo o bandido. Usando a cabeça!*

- *Pode ser mais específico?*

Com um sorriso no rosto, o mais velho respondeu:

- *O que acha de uma faxina para limparmos esta sujeira?*

...

Tardinha na Capital Federal.

Os estabelecimentos comerciais estavam na movimentação de fim de dia. As avenidas abarrotavam-se com os carros, bondes e ônibus no trânsito intenso, que às vezes era interrompido pelo caminhão da companhia de limpeza urbana que esperava os garis esvaziarem as lixeiras.

Num dos muitos largos da cidade, adornados com uma imponente estátua no centro, pessoas comiam nas padarias, bebericavam café, compravam nas lojas de roupas ou utilidades, deliciavam-se em confeitarias e até mesmo faziam suas apostas na banca de Jogo do Bicho do local.

Ao mesmo tempo, quatro malandros com calças pretas e camisas listradas rubro-negras jogavam baralho de forma displicente num botequim próximo.

Um carro estacionou em frente a tal banca do Bicho, onde um senhor de cabelos grisalhos com lápis preso na orelha, sentando numa mesinha de madeira, anotava as apostas. Atrás de si, havia papeizinhos brancos com números colados na parede. Daquele automóvel saiu o sujeito bem vestido de tapa-olho preto, acompanhado de dois malandros em trajes rubro negros, além do *capoeira* forte e calvo de camiseta vermelha, calça preta e guias na mesma combinação de cores.

Enquanto o bancário que estava sentado contava uma enorme quantidade de dinheiro, Zé Caolho parecia inquieto. Uma sensação de incômodo na forma de suor percorreu sua nuca, fazendo-o olhar em todas as direções.

- *Tá aqui!* - disse o bancário com um cigarro na boca, dando o gordo março de dinheiro a Zé-Caolho - *confere ai para ver se é isto mesmo.*

Ele não respondeu.

- *Ei* - protestou o bancário - *Acorda "mermão" ! Confere a "gaita"* .

Novamente, sem resposta.

- *O que tá havendo?* - perguntou grosseiramente o *capoeira* careca, líder da Malta.

- *Tem alguma coisa errada* - murmurou Zé-Caolho.

- *Como assim?* - perguntou um dos capangas.

O caminhão da companhia de limpeza urbana estava parado numa posição que temporariamente obstruía a única saída para carro dos bandidos. Os garis esvaziavam as lixeiras e caçambas. Porém, mexer com o lixo parecia não prejudicar seus penteados impecáveis, mantidos com brilhantina no cabelo.

- *Brilhantina no cabelo?* - murmurou Zé-Caolho para si mesmo.

- *Quê?* - perguntaram, quase ao mesmo tempo, o bancário e os malandros.

- *É CANA PORRA!* - gritou Zé-Caolho, sacando o revólver e disparando contra um dos falsos garis que, atingido no braço, caiu imediatamente.

Ao som do disparo, as pessoas na rua imediatamente correram desesperadas, transformando o largo um caos. Os outros três policiais disfarçados de garis então sacaram revólveres, com as quais começaram a disparar contra os bandidos, atingindo ao bancário e a um dos capangas.

Ao mesmo tempo, o policial de meia idade que acompanhara disfarçado de gari a Batalha da Travessa saiu de dentro do caminhão com seu revólver, disparando contra Zé-Caolho, que lançou a mesa de madeira ao chão para se proteger.

Os quatro capoeiras que jogavam cartas no botequim próximo prepararam-se para atacar os policiais. Foram então surpreendidos por doze guardas civis a paisana que avançaram por todos os lados. Comandados pelo jovem investigador que conversara com Cibele, estavam com roupas comuns nas lojas ou nos bares, fazendo-se passar por clientes.

O largo então se tornou um campo de batalha entre policiais e *capoeiras*. Os guardas civis foram gravemente feridos pelos malandros, mas seu número superior e os tiros do jovem investigador nas pernas dos bandidos desequilibraram a luta a favor dos homens da lei.

O líder da Malta, por sua vez, foi cercado por três guardas civis. Aparando um soco com o cotovelo rente ao abdômen, o *capoeira* desferiu uma mortal joelhada no ventre do guarda, segurando o pulso do segundo policial que lhe atacou, deslocando sua mandíbula com chute no rosto e lançando-o contra o terceiro guarda que avançava contra ele, levando todos ao chão. O impressionante ataque abriu espaço para que pudesse fugir.

- *NÃO NATÃ!* - gritou o velho policial, que estava protegido atrás de uma caçamba de lixo enquanto trocava tiros com Zé-Caolho. Tinha visto o jovem policial perseguindo o *capoeira* em fuga. Fez então um sinal de pedido de cobertura para o outro policial disfarçado de gari que ainda estava de pé.

O velho investigador então avançou em direção da mesinha onde se escondia Zé Caolho. Este até tentou disparar contra ele, mas foi impedido pelo tiro em seu chapéu disparado pelo policial disfarçado de gari que dava cobertura ao velho detetive.

— *Acabou Zé-Caolho* — disse o veterano, apontando-lhe o revólver — *larga a arma*.

Enquanto isso, Natã, o jovem investigador, perseguia o *capoeira* disparando contra ele. Tentando desviar-se dos transeuntes apavorados que corriam para proteger-se, atingiu primeiro uma barraquinha de camelô, depois um poste e, por fim, o vidro traseiro de um carro estacionado.

— *Assuma aqui* — ordenou o velho policial ao outro investigador disfarçado de gari, que tomou Zé-Caolho algemado e desarmado. Antes de ir, deu ainda outra ordem aos dois guardas civis menos feridos pela batalha com os *capoeiras*: — *Vocês, venham comigo!*

O líder dos *capoeiras*, ainda em fuga, arrombou a porta de um dos muitos prédios em estilo colonial do centro da cidade, que estava abandonado. Natã foi atrás dele, se deparando com um local escuro e empoeirado no qual a única fonte de iluminação eram os raios avermelhados do por do sol que entravam pelas janelas. Ao ver algo se mexendo, ele disparou, mas notou ser apenas um rato sobre um móvel velho.

Só se deu conta de que estava em desvantagem quando escutou uma risada sinistra.

Outro ruído. Outro disparo. Em vão.

Repentinamente, um pé negro surgiu diante das mãos de Natã. Sua arma foi arremessada longe:

– *Quem é a caça agora?* – perguntou o *capoeira*, surgindo ao lado do policial.

Natã não hesitou. Desferiu uma sequência de socos no bandido que, gargalhando, aparou aos golpes facilmente com cotovelos, mãos e joelhos. O contra-ataque foi brutal: um chute no peito que cortou momentaneamente o suprimento de ar de Natã, seguido por outro no rosto que quebrou-lhe o nariz e um terceiro que destruiu parte de uma costela.

Natã despencou ao chão, urrando de dor, tentando respirar.

– *ACHOU MESMO QUE TEM PODERIO PARA ME ENFRENTAR?* – gritou o *capoeira*, rodeando seu inimigo e dando outro chute no peito do policial, que cuspiu sangue e fez seu algoz gargalhar.

Cambaleando, Natã se levantou. Lentamente e de forma ineficaz, tentou golpes lentos contra o capoeira que, sob risadas, movimentou-se, esquivando sem nenhuma dificuldade. Mais dois chutes, um no abdômen, outro no rosto, fizeram o jovem investigador cair de novo ao chão.

– *Vocês "meganha" são canja de galinha* – disse ele, com mais um chute na barriga do rapaz caído ao chão.

Reunindo forças do fundo de sua alma, Natã ergueu-se mais uma vez, tentando outro golpe inútil:

*- Você não sabe ficar no chão mesmo não é?*
- disse o malfeitor ao segurar o golpe e tomar Natã
pelos cabelos - *ENTÃO ESTÁ NA HORA DE APRENDER!!*

O urro de dor do jovem policial se seguiu ao
ter sua perna quebrada, alertando os companheiros
que estavam nas ruas próximas, procudando-o

*- Natã! NATÃ!* - chamou, preocupado, o velho
detetive, entrando no prédio junto com os dois
guardas e vendo o jovem rapaz caído, quebrado e
ensanguentado.

Natã não respondia. E o experiente detetive
notou uma janela nos fundos, a única que estava
aberta naquele mausoléu.

. . .

*- Oi tio, como ele está?* - perguntou a
jovem.

*- Fora de perigo* - respondeu o velho
detetive na porta do quarto do hospital, após
receber o beijo carinhoso de sua sobrinha.

*- Está acordado?*

*- Não. O médico disse que os ferimentos
foram dolorosos e graves. Pôs ele em repouso total.*

*- E o senhor também precisa de descanso. Até
porque precisa trabalhar amanhã cedo.*

Ele sorriu:

*– Senti uma certa frustração em você quando soube que ele não estava acordado –* disse para sua sobrinha.

*– Como assim?*

*– Querida, eu tenho quase 30 anos de polícia. Perceber as coisas é o meu trabalho.*

*– Não sei do que o senhor está falando.*

Ele se sentou num dos bancos do corredor do hospital, e tomou-a pelas mãos de forma delicada para que se sentasse também:

*– Desde que sua mãe lhe mandou de Rezende para morar comigo e trabalhar aqui no Rio, que percebi sua troca de olhares com ele.*

*– Tio, eu...*

Ele interrompeu:

*– Eu cuidei dele como um filho, desde que o tirei das ruas. E tenho você como uma filha –* respondeu o homem, antes de fazer um carinho no rosto da moça, que respondeu candidamente com um sorriso *– – faço muito gosto de ver vocês juntos, viu?*

Ela sorriu, timidamente. Depois riu. O homem prosseguiu:

*– Só não conte isto a ele ainda. Acha que eu desaprovo, e isso é bom para fazê-lo ir devagar.*

Os dois riram juntos.

- *Bem, então vou indo* - disse o homem - *peço para a Nelita vir mais tarde, para passar a noite no hospital com ele. Afinal, você também precisa descansar.*

Ele beijou a moça na testa e foi embora, enquanto ela entrava no quarto do hospital.

...

*Rio de Janeiro, Glória, 1:30 de quarta-feira, 6 de agosto de 1949.*

O samba melancólico tocava no cabaré quase sem iluminação. Era um palacete dos períodos áureos do II Reinado, redecorado com luxo. A música era inspirada em um antigo cântico dos cultos afros e falava da dor da traição. As meretrizes em fantasias rendadas nas cores mais exóticas e tropicais deitavam, beijavam, tocavam e embriagavam os abastados fregueses que frequentavam o local: juízes, diretores de escolas de samba, oficiais da polícia militar, promotores, empresários e grandes comerciantes.

Só gente graúda.

Só gente importante frequentava o Cabaré de Srta Peccado.

Delegado Abner e o Guarda Civil Batata adentraram, meio tímidos, ao inferninho. Eram guiados por um homem de terno branco e gravata vermelha, chegando até uma sala separada do Cabaré, a mais abastada e luxuosa de todas.

Era uma sala era iluminada. Sua janela permitia contemplar os Arcos da Lapa ao longe e a arrebatadora vista que o bairro de Santa Tereza oferecia. Atrás de um divã estavam dois homens fortes, também vestidos com ternos brancos e gravatas vermelhas. Sobre o tapete persa, uma pequena mesa com muitas frutas tropicais e vinho da melhor safra. Ao redor, beldades seminuas fumavam, bebiam e saboreavam as frutas de forma provocante.

Coroando a cena, sobre o divã, estava a dona do Cabaré. A beleza dela era agressiva: os cabelos eram negros, cacheados nas pontas. O vestido vermelho que trajava tinha uma generosa fenda na perna esquerda, e o decote realçava o topo dos seios pequenos porem perfeitamente redondos. Com os lábios carnudos e pintados com batom vermelho vivo brilhoso, fumava num *porte-cigarrete* de marfim e ouro.

\- *Boa noite* - saudou ela, com voz sussurrante.

Era a Srta. Peccado. Daniela Peccado, 27 anos apenas. A cafetina mais influente do Distrito Federal. Seu Cabaré, o mais luxuoso do Brasil.

Tanto o delegando como o guarda ficaram paralisados diante dela. As mulheres levantaram-se, e começaram a massagear os dois "homens da lei".

\- *Pedi que viessem, pois gostaria de ajudar a resolver um problema* - explicava Peccado - *Creio que houve um mal entendido nesta manhã.*

\- *Como assim?*- perguntou Abner.

Ela sorriu:

*- Ontem a tarde, policiais de sua Delegacia prenderam um homem inocente* - revelou a mulher.

Abner já sabia do que se tratava, mas tencionava medir as palavras que iria usar. Todavia, antes que dissesse qualquer coisa, um clique foi ouvido por ele e pelo guarda. Uma das prostitutas, por trás deles, colocou gentilmente uma maleta cheia de dinheiro sobre seus colos.

*- Creio que os senhores farão a gentileza de reparar este erro, na medida em que eu peço de forma tão gentil* - disse Peccado.

O delegado e o guarda se entreolharam, sem palavras. Abner ainda buscava palavras, mas, novamente, antes dizer qualquer coisa, Peccado deu mais uma ordem:

*- Salmeicious* - chamou a cafetina, sendo atendida por um sujeito alto, de calça preta e colete da mesma cor, sem camisa por baixo - *Estes dois homens são humildes o suficiente para reparar um erro. Conceda a eles um mês de entrada gratuita em nossa casa de eventos.*

As prostitutas ajudaram delicadamente os dois a levantarem-se:

*- Por aqui, cavalheiros* - disse o criado da dona do Cabaré. Ruborizados, ambos seguiram as mulheres que os tomaram pela mão.

Por dentro, Peccado gargalhava - *"Nunca foi tão fácil"* pensava consigo mesma...

*- Inacreditável* - disse, batendo palmas, o homem de costeleta longa, chapéu panamá, cheio de

cordões e anéis de ouro. Ele tinha acabado de adentrar na sala, acompanhado outros sujeitos de ternos coloridos e chapéus do mesmo tipo – *Ninguém compra um "meganha" como você!* – disse ele.

– *Obrigada* – respondeu Peccado, sentando-se sobre o divã, cruzando as pernas e tragando seu cigarro – *mas tu sabes que tenho uma regrinha aqui, não?*

– *Um favor por outro favor* – disse Neto da Lapa, o homem de terno branco e joias douradas, que, sorrindo, perguntou – *O que você quer, minha rainha?*

Ela sorriu em troca:

– *Não gosto de concorrência* – revelou.

Neto sentou-se e, após um gole de cerveja, o poderoso bicheiro respondeu com outro sorriso. Ela completou a frase:

– *Preciso de alguns de seus belos rapazes para eliminar uma pedrinha de meu salto-alto.*

A mulher espalhou fumaça após tragar seu cigarro. Ele, rindo, tomou mais um gole de sua bebida.

. . .

*Dia seguinte, pela manhã na DJD.*

– *ORLANDO!* – gritou o Delegado, chamando à sua sala o velho Inspetor, que mal chegara na Delegacia de Jogos e Diversões.

- *O que foi Abner?* - perguntou ele, um tanto cansado por passar grande parte da tarde e da noite no hospital com Natã.

- *Seguinte. Tivemos um problema com as provas. Não sei se dá pra caracterizar flagrante. Vamos ter que soltar o Zé Caolho.*

Orlando respirou fundo e arregalou os olhos:

- *Tá de sacanagem comigo, Abner?* - retrucou ele.

- *Você tem que entender Orlando. Temos que agir dentro da lei e talvez a promotoria não aceite...*

- *Como assim não aceitar? As provas são claras, principalmente se caírem nas mãos do Dr. Rodolfo ou da Dra. Miranda! E isto sem falar na batalha campal que os Quebra-osso fizeram naquele largo!*

O Delegado coçou a cabeça, constrangido:

- *Desculpe Orlando* - disse - *mas vou arquivar o processo e soltar o Zé Caolho.*

- *Que isso Abner. Podemos deixar esse cara em cana por muito tempo! Se o processo for...*

Ele não terminou a frase:

- *Basta Inspetor! Já tomei minha decisão.*

O velho detetive levantou-se da cadeira, irado:

*- Vamos parar com esta palhaçada Abner. Eu tenho provas pra fazer Neto da Lapa, Zé Caolho e toda esta corja apodrecer na cadeia! Você sabe disso! VOCÊ SABE DISSO!!!*

Do lado de fora, a delegacia começou a ouvir os gritos de Orlando.

*- Se acalme Orlando.*

*- ME ACALMAR COISA NENHUMA! VOCÊ ESTÁ ACABANDO COM O TRABALHO DA MINHA VIDA!!*

*- Senta aí, Orlando!* - exigiu Abner.

*- SENTAR É O CACETE! O QUE AQUELA PIRANHA OFERECEU A VOCÊS DESTA VEZ PARA LIVRAR A CARA DESTA BANDIDAGEM?*

Então foi a vez do Delegado, sempre com ares pudicos, levantar-se cheio de ira:

*- CUIDADO COM O QUE DIZ, INSPETOR* - ordenou ele com o dedo apontado para Orlando, acalmando-se depois.

Orlando olhava para Abner, um olhar fulminante e constrangedor ao delegado.

*- Pense em todos os anos que trabalhamos juntos e que você prestou à polícia!* - concluiu Abner.

Um silêncio desabou sobre a sala. A ira tornou-se perplexidade no olhar velho investigador:

*- Não preciso mais pensar* - respondeu serena e resignadamente Orlando. Ele colocou então a mão em

seu bolso e, tremendo, tirou seu distintivo, colocando-o sobre a mesa. Virou-se de costas logo em seguida, indo embora.

Abner despencou sobre a cadeira e pôs a mão na cabeça. Orlando, por sua vez, seguiu pelo corredor em direção de sua mesa.

Foi quando notou o Guarda Civil Batata chegando na Delegacia.

- *Seu miserável filho da mãe* - disse o velho detetive, após correr na direção do sargento, segurá-lo colarinho e lança-lo sobre uma das mesas.

Ninguém na Delegacia ousou interromper:

- *Foi ela de novo não é? Responde. RESPONDE!*

O guarda estava aterrorizado. Não ousou responder, lhe faltando até mesmo as mentiras. Orlando lançou-o contra uma parede, fazendo-o depois cair ao chão. Pegou suas coisas e saiu da delegacia.

Caído, Batata apenas olhava Orlando ir embora.

- *Tenta se acalmar* - pediam outros policiais, entre eles o Inspetor Josefo, detetive Souza Filho e o investigador Nogueira. Mas, ao mesmo tempo, Orlando viu Zé Caolho e outros capangas ligados ao jogo do Bicho entrando num carro, sendo libertados.

O peito do velho começou a doer. Lentamente, foi perdendo os sentidos.

- *A não, cara, não faz isso não* - implorou o Inspetor Josefo, tomando-o nos braços:

– *Se segura, cara, se segura!* – repetia Nogueira.

. . .

– *Isabel?*

– *Natã* – respondeu a moça, depois de entrar no quarto do hospital ao ver o rapaz acordado em seu leito.

– *O que foi? Aconteceu alguma coisa?* – perguntou ele, quando percebeu a aflição no rosto da garota.

– *Calma querido* – respondeu Isabel, assustada com a percepção imediata de Natã. Mas ela mesma não manteve a calma. Cerrou o punho e colocou-o entre os olhos, fechando-os, sem conseguir conter a lágrima.

– *Fale logo Isabel!* – ordenava Natã, afoito – *O QUE HOUVE?*

– *Tio Orlando.*

– *O que tem ele? O que aconteceu?* – perguntava Natã.

– *Ele sofreu um enfarto. Eu não sabia se lhe contava agora ou não e...*

– *Mas como assim? Onde ele está? Corre perigo?* – questionou o rapaz, levantando-se da cama com dificuldades.

Isabel engoliu o choro. Segurou Natã. E
contou-lhe tudo.

# DOSSIÊ 0409

–

# CAVEIRA BRANCA

A uma era noite silêncios, e parecia mais escura que o normal. Só se ouvia o barulho das cigarras. Na estrada de barro que cortava o matagal nos cafundós de Bangu, o imponente homem negro de terno cáqui fumava seu cigarro, encostado no lado de fora da viatura. Dentro dela, um jovem guarda civil, pardo, esperava lendo o jornal.

– *Chegaram* – alertou o homem ao rapaz, quando percebeu que vinha lá longe a viatura crivada de balas da Polícia Militar. O veículo parou numa outra estrada, que levava a um sítio abandonado.

O primeiro a sair foi um homem alto e forte, de óculos escuros, bigode e cabelos grisalhos, armado com uma espingarda e um cassetete. Da farda só vestia a calça e o coturno. Outros quatro homens em fardas desgrenhadas e armados com pistolas, revolveres e facas saltaram após ele.

O condutor daquela viatura era um ex-motorista de Bondes e de Lotações, expulso de todas as empresas onde havia trabalhado. Magro e com bigode bem fino, foi apelidado de "Papaléguas": nunca bateu nenhum veículo, mas somente os loucos ou desesperados aceitariam uma carona sua.

- *A-aquela é...?* - perguntou Inácio, o jovem guarda.

- *É. A patrulha do Geraldão* - respondeu Inspetor Josefo, o homem de terno.

- *Como eles sabem do Caveira Branca?* - perguntou Inácio.

- *Foi simples* - respondeu o Inspetor - *bastou espalhar a notícia de quem era aquele feiticeiro e dos crimes que ele cometeu. Não tardaria para que estes matadores demonstrassem interesse. Daí foi só dizer a eles que eu me juntaria à operação por ter o mandado de prisão.*

O tal feiticeiro, intitulado de *Caveira Branca*, era acusado de homicídio triplamente qualificado, além de falsidade ideológica e outros crimes contra a "moralidade" e os "bons costumes". Havia um mandado de prisão emitido contra ele há oito meses. As práticas de magia popular eram um dos pontos mais controversos da lei brasileira, que apesar de alegar liberdade religiosa, classificava indiscriminadamente algumas práticas de cultos afros como charlatanismo e embuste. Cabia à Delegacia de Jogos e Diversões, na qual Josefo era Inspetor, lidar com esta gente.

Não que Caveira Branca fosse somente um sacerdote ou feiticeiro, muito menos enganador ou ilusionista. Ele *realmente* matou pessoas em rituais macabros. E foi justamente consultando outros iniciados, pessoas honestas, de fé e enojadas com as atitudes de Caveira Branca, que Josefo descobriu onde o meliante se escondia.

- *E como vai ser?* - perguntou Inácio.

*- Conforme o combinado -* respondeu Josefo - *Geraldão já espera por você. Encontre-o e junte-se ao grupamento.*

O guarda desceu então em direção à patrulha da Polícia Militar. E Josefo, contemplando de longe, preparava-se para o que se seguiria.

. . .

Pelo matagal do que outrora fora um sítio, os seis homens avançaram na direção do velho casarão lá longe, com arma em mão e movimentos silenciosos. A escuridão da noite e o silêncio eram sepulcrais, quebrados somente pela insistência das cigarras.

No decorrer do avanço, um dos soldados de Geraldão quase urrou de medo ao deparar-se com uma caveira pintada de branco, cravada sobre um pedaço de pau, que surgiu quase que repentinamente diante de dele. O sargento impediu o berro, pondo mão na boca do soldado, e sinalizou para os demais o macabro marco, a fim de que não se assustassem com ele caso encontrassem outros iguais. Tentando não fazer barulho, o grupamento então avançou por outros crânios pintados de branco, cravados em estacas pelo matagal do sítio abandonado.

Eles não ouviam nem notavam nada. Somente um fedor era perceptível, odor tétrico cuja intensidade se elevava nas narinas conforme se aproximavam do casarão.

As caveiras não foram a primeira coisa medonha a ser encontrada. Mais alguns deles encontraram árvores com desenhos sinistros e incompreensíveis, além de peles humanas e de animais esticadas entre os galhos, iluminados pela lua cheia. Inácio sabia do que se tratava aquele desenho: ponto riscado do senhor da morte, entidade evitada pela maioria dos sacerdotes.

- *Viu aquilo?* - perguntou o cabo a outro soldado, ambos observadores de uma das peles esticadas, quando notou um vulto de manto preto caminhando por entre as árvores. O soldado nada viu, mas jurou perceber o matagal roçando como se algo estivesse mexendo-se por ele. Os demais policiais também ficaram enervados quando viram, de relance, um homem alto caminhando com bengala, que desaparecia por entre as árvores.

Eles empalideceram. Apenas Geraldão, que achava aquilo tudo mera superstição de um pervertido, e Inácio, irmão de uma respeitada mãe de santo, mantinham-se seguros de si.

Eles avançavam. O casarão, outrora distante, já podia ser visto nitidamente: não havia portas nem janelas no imóvel, cujas paredes estavam arruinadas e de onde a insuficiente luz melancólica de um lampião emanava pelas frestas e aberturas. Aquela luz estranha revelava, junto com barulhos de batidas sobre uma mesa, a silhueta de um homem de cartola.

...

Em formação e mirando suas armas, eles adentraram, com Geraldão à frente. Logo junto à porta notaram a imagem de morto vivo em trapos, sentado com o rosto próximo aos joelhos. A luz amarelada revelava um cômodo grande e um corredor em frente, no qual os raios da lua cheia adentravam pelas janelas laterais. No cômodo, que outrora fora uma sala de visitas, uma das paredes ostentava enorme mancha de sangue e, adjacente à outra parede, os mesmos desenhos a giz encontrados nas árvores. De frente para aquelas parede estava uma mesa com moscas, restos mortais de algo indefinido e um cutelo ensanguentado.

Nenhum sinal da pessoa que estava a bater e gerar a silhueta pela luz do lampião.

Geraldão movia os olhos em todas as direções, enquanto os suavam frio. Inácio, por sua vez, pegou a lamparina, sendo então seguido através do corredor pelo sargento e, timidamente, pelos demais.

A terceira porta, única aberta, chamou a atenção do jovem guarda: um altar com imagens de mortos vivos, crânios vermelhos e brancos, velas negras e muito sangue em várias tigelas, sendo todas as paredes riscadas com o mesmo desenho misterioso. Corajosamente, ele entrou no cômodo, sendo seguido por Geraldão, que deu ordem aos demais policiais para que permanecessem vigiando o corredor.

– *Você sabe o que é isso, garoto?* – perguntou o sargento.

– *Não ouso pronunciar o nome dele* – respondeu Inácio – *mas estamos lidando com algo que não se deveria mexer nem chamar.*

– *Agora vejo a reputação dc meliante!*

O diálogo foi bruscamente interrompido, e os policiais escutaram o que iria assombrá-los pelo resto de suas vidas. Uma risada macabra, lenta, gutural e amplificada como num poderoso eco foi ouvida no cômodo e no corredor. A luz da lua, que entrava pela janela atrás do altar, revelou diante deles uma caveira enorme, cujos mais de dois metros estavam dentro de um terno que descia até o chão, não sendo possível ver seus pés. Em sua mão direita uma fina bengala, no bolso de frente do paletó um lenço branco manchado de sangue, e sobre sua cabeça um chapéu panamá negro com detalhe vermelho:

- *NENHUM DE VOCÊS SAIRÁ DAQUI* - outra risada medonha foi disparada - *SÃO TODOS MEUS!*

Os demais policiais tentaram correr. Antes de conseguirem fazê-lo, surgiu repentinamente no corredor um homem com uma caveira branca pintada no rosto, cartola preta na cabeça e terno empoeirado, na qual havia uma flor branca no bolso. Sem nenhum tipo de aviso, ele cravou a cabeça de um dos policiais contra a parede, fazendo-a explodir em sangue. Os outros policiais fugiram desesperados para fora da casa, enquanto um segundo soldado teve seu peito aberto pelo ataque de um cutelo que surgiu na mão do homem da caveira branca.

Geraldão se voltou imediatamente para o corredor.

- *NÃO DEVERIA ESTAR AQUI!* - disse para Inácio, com voz cavernosa, a entidade diante do altar - *VOCÊ NÃO É UM DELES!*

Mais uma das risadas horrorosas foi ouvida, servindo como pano de fundo para a batalha que se seguiu no corredor. Geraldão, sem pensar duas vezes, disparou sua espingarda da porta em direção à boca do malfeitor. Para assombro do policial, foi como se ele tivesse disparado uma bala de festim: nenhum dano ou impacto foi causado, e nem se viu sinal do projétil.

Lá fora, gritos de horror eram emitidos pelos outros policiais, que tentaram fugir.

Caveira Branca então tomou a arma da mão do sargento, puxando-o pelos ombros e jogando-o em direção à sala de estar. Inácio correu contra o sinistro homem, sacando seu cassetete e desferindo uma sequência de golpes, facilmente aparados com as mãos e pernas pelo feiticeiro que, parecendo ter uma força sobre humana, segurou o cassetete no último golpe.

Ambos então se olharam furiosamente. Inácio percebeu que o feiticeiro tinha os olhos totalmente brancos, e usava guias negras e cinzas. Seu inimigo não lhe atacou, mas tomou-lhe o cassetete e quebrou-o ao meio.

Geraldão então se levantou. Sacou o seu cassetete, e foi em direção ao feiticeiro. Como um passe de magia, o cutelo, dantes sobre a mesa, surgiu na mão do sinistro homem, que o arremessou contra o policial militar, atingindo-o no ombro.

Inácio tentou atacar de novo, disparando socos contra o homem de cartola, que aparou seus golpes com facilidade, mas, estranhamente, hesitava em atacar o rapaz com seus poderes sinistros. Limitou-se a agarrá-lo e jogá-lo na sala, próximo a Geraldão, que tirou o cutelo do ombro ensanguentado, revelando grave ferimento.

Foi então se escutou um tiro, com sangue jorrando na parte de trás da cabeça de Caveira Branca, derrubando também sua cartola. O feiticeiro caiu de joelhos ao chão, enquanto emitia um silvo de agonia. Seus olhos, brancos e sem as íris, continuavam contudo abertos, bem como sua boca em uma expressão facial medonha e cadavérica.

Com a queda do meliante, também se revelou, atrás dele, o autor do tiro: Josefo, em pé no corredor, vindo da porta dos fundos da casa.

Geraldão suspirou, aliviado.

Mas logo os policiais contemplaram, horrorizados, o feiticeiro levantar-se, mesmo com o tiro na cabeça. Josefo não pensou duas vezes: chutou a espingarda na direção dos policiais. Geraldão disparou novamente com contra o feiticeiro, cujo corpo respondia ao impacto dos disparos, mas o semblante não demonstrava nenhuma dor. Josefo, por trás, também atirava implacavelmente com sua pistola, e até mesmo Inácio, ao receber de Geraldão um revólver, participou do festival de tiros.

De fora do casarão, onde os policiais que fugiram antes ainda berravam desesperados, era possível ver os clarões do disparo alumiarem a sala.

Nenhum ruído, nenhum grito de dor, nenhum clamor de desespero era ouvido.

Somente os tiros.

Caveira Branca, ensanguentado e crivado de balas, caiu lentamente sobre o joelho. A munição estava prestes a terminar quando os olhos do feiticeiro voltaram ao normal. Finalmente, ele tombou, caindo com o rosto ao chão sobre a poça do próprio sangue.

Os três respiraram por alguns segundos. Tentaram se recuperar, mas foram impedidos pelos insistentes gritos lá fora.

Geraldão saiu para ajudar os demais policiais, seguido por Inácio e Josefo. Com as vísceras de fora, aqueles soldados que fugiram eram devorados por cães carcomidos e fedorentos, não tendo mais forças para gritar. Diante frente dos corpos, novamente surgiu a caveira de terno vista diante do altar, recebendo-os com a mesma e abjeta risada cavernosa.

- *ELES SÃO MEUS* - dizia - *ASSIM COMO OS DOIS LÁ DENTRO E VOCÊ* - prosseguiu, apontando um dedo esquelético para Geraldão.

- *QUEM É VOCÊ?* - questionou o sargento.

As risadas novamente foram emitidas, mais altas ainda, deliciando-se de ironia.

- *HÁ, VOCÊ ME CONHECE* - disse a entidade - *ME CONHECE MUITO BEM. ME DÁ OFERENDAS CONSTANTEMENTE. VOCÊ E TEUS HOMENS.*

- *IMPOSSÍVEL!* - retrucou Geraldão, tentando reunir forças devido ao ferimento no ombro, que jorrava sangue - *JAMAIS TE CONHECÍ!*

A gargalhada da entidade, mais alta do que nunca, denotava prazer sádico:

- *ME DEU OFERENDAS EM VALÕES, EM RIOS, EM MATAGAIS. ME HONROU EM PORTA-MALAS DE CARROS, EM LIXÕES E TERRENOS BALDIOS* - a gargalhada deu lugar a uma risada debochada - *NÃO É NESTES LOCAIS QUE*

*VOCÊ DESOVA SUAS VÍTIMAS, SARGENTO GERALDO? -* perguntou.

Os três policiais contemplaram, estupefatos, o que lhes foi dito. Os demais já estavam mortos, mas continuavam a serem digeridos. A sinistra entidade, por sua vez, não parou de se pronunciar:

*- NEM MEU FILHO QUE VOCÊS MATARAM AGORA, NEM NENHUM OUTRO, ME SERVE TANTO E TÃO CAPRICHOSAMENTE QUANTO VOCÊS, HOMENS FARDADOS E DE AUTORIDADE, QUE MATAM IMPUNEMENTE, EMBRIAGANDO-ME COM SANGUE TODOS OS DIAS!*

Uma nuvem encobriu a lua cheia. Diante dos olhos dos policiais, tanto os cães quando a assombração que lhes falava desapareceram. Somente a voz cavernosa se escutou, como se estivesse bem longe:

*- MEUS, TODOS MEUS, ANJOS DA MORTE, VOCÊS SÃO!*

Outro momento de silêncio. Os três recuperaram o folego, abandonados ao pavor. Não foi possível precisar quanto tempo se passou até que um dos três decidisse falar novamente:

*- Vamos trazer a viatura, pegar o corpo e ir embora* - decidiu Josefo.

Inácio e Geraldão não se opuseram.

...

*- Cacete! O que aconteceu?* - perguntou Papaléguas aos três policiais, quando viu Geraldão

com a camisa ensanguentada e ferido gravemente no ombro.

- *Os outros morreram* - respondeu Josefo - *passe um rádio e chame o pessoal da perícia, temos quatro corpos lá, além do Caveira Branca, crivado de balas.*

- *Eu passo o rádio enquanto levo o sargento 'pro' hospital* - disse Papaléguas, colocando Geraldão sentado na viatura com a porta aberta - *vocês dois esperem o pessoal da perícia chegar.*

- *Não vai adiantar* - respondeu Josefo.

- *Como assim não vai adiantar?* - perguntou Geraldão, grosseiramente.

- *Médico nenhum pode curar este ferimento* - explicou Josefo.

- *Mas que porra é essa?* - retrucou Geraldão - *o que você sabe que não nos contou?* - questionou ele, levantando-se com uma das mãos sobre o corte que começara a apresentar uma assustadora mancha negra em volta.

- *Você mesmo viu o que é* - respondeu Inácio, com grave tom de seriedade - *todos nós vimos.*

Papaléguas estava confuso:

- *Mas o que diabos vocês viram lá?* - perguntou ele.

- *E você garoto!* - urrou Geraldão - *Ele não atacou você em momento algum! Por quê?*

Inácio encarou nos olhos o sargento.

— *Mostre a ele, Inácio* — ordenou Josefo.

— *Mostrar o que?*

— *Abra a camisa e mostre. Duvido que não esteja em seu peito.*

— *O que ele tem a mostrar?* — perguntou Geraldão.

Josefo somente olhou para Inácio, e balançou a cabeça afirmativamente. O guarda então desabotoou a farda, mostrando camisa branca por baixo dela. Depois, puxou para fora guias brancas e púrpuras, que usava em volta do pescoço.

— *Não entendo* — disse Geraldão.

— *Inácio estava protegido* — explicou Josefo, caminhando em direção ao sargento, virando-se depois para Inácio — *Sua irmã lhe deu isso antes de vir, não é?*

Inácio guardou as guias dentro da camisa

— *Sim* — confirmou, abotoando a farda.

— *E você sabia!* — protestou Geraldão à Josefo, indo em direção ao investigador para tirar satisfações — *Por sua causa eu perdi quatro homens naquele lugar maldito.*

— *Por minha causa você ainda está vivo! Agora me escute com atenção, se não quiser sangrar até morrer!*

Contrariado, Geraldão olhou atentamente para Josefo.

- *Você vai com Inácio na minha viatura até a irmã dele. Eu espero o pessoal da perícia com Papaléguas, que depois me leva ao encontro de vocês.*

- *E a tal mulher vai resolver essa parada?* - perguntou Geraldão.

- *Pode apostar* - respondeu Inácio, entrando na conversa.

- *Combinando então* - concordaram os três, enquanto Inácio foi buscar a viatura, Geraldão continuou pressionando o ferimento e Josefo puxou um cigarro para tentar relaxar.

E Papaléguas, ainda, confuso, perguntava:

- *Alguém pode me explicar o que aconteceu aqui?*

. . .

A viatura parou em frente ao pequeno brejo. Era quase fim de madrugada, mas ainda assim era possível ver o pequeno banheiro, a cerca com galinhas, uma cabaninha nos fundos e a humilde casa de barro de onde escapava uma frágil luz de lampião por uma de suas janelas.

- *Espere, vou chamá-la* - disse Inácio, saltando do veículo e abrindo o rústico portão de madeira, dirigindo-se logo em seguida para a casa.

Não chegou, contudo, até a porta da residência. Uma mulher negra, vestida como uma baiana - bata perfeitamente branca, guias na mesma cor e vários talismãs e patuás pelo pescoço e pulsos - saiu de dentro dela. Trazia consigo uma mesinha na mão e um tabuleiro de doces na cabeça.

- *O que é isso?* - perguntou Ioná, irmã de Inácio.

- *Temos um problema* - respondeu Inácio, aproximando-se dela.

A mulher inclinou a cabeça na direção de seu irmão e respirou fundo, fazendo depois uma cara de nojo:

- *Eu já entendi. Bem que imaginei, depois que você saiu para trabalhar* - disse, armando a mesinha e deixando ali o tabuleiro de doces, para depois seguir na direção da viatura onde estava Geraldão.

Ela mulher fez uma cara de nojo mais expressiva ainda quando se aproximou do policial.

- *Mostre a ferida* - ordenou.

Geraldão ficou surpreso. Virou o rosto de lado e, com sua típica grosseira, perguntou:

- *Como sabe que...*

Ele não terminou a pergunta. Ioná o interrompeu colocando o dedo indicador junto aos lábios e fazendo o típico chiado que significa "silêncio":

- *Mostre o ferimento!*

Ele o fez.

– *Venha comigo* – ordenou Ioná, virando-se de costas e caminhando enquanto segurava a barra da saia.

Geraldão relutou, mas Inácio gesticulou com a cabeça para que a obedecesse. Os três passaram pela propriedade, chegando à cabaninha dos fundos onde havia flores, velas e vasos, tudo na cor branca.

A mulher deu uma nova ordem, apontando para uma esteira de dormir estendida ao chão:

– *Deite aí.*

Geraldão estava desconfiado e confuso, mas a dor era demais até para ele. Em todos os seus anos de polícia, jamais sentira uma dor como aquela. Obedeceu.

– *Isto pode demorar um pouco* – disse a mulher, após virar-se para trás para falar carinhosamente ao seu irmão – *na panela separei canjica para você comer. Mas, antes de você descansar, quero que me faça um favor.*

– *É só falar.*

A sacerdotisa instruía seu irmão, que respondia positivamente com a cabeça. Geraldão, por sua vez, olhava em redor e tentava, ao mesmo tempo, segurar a dor pelo estranho ferimento.

Inácio se dirigiu até a casa, e a mulher voltou-se ao policial ferido, deitado na esteira, dizendo:

– *Vejamos agora seu problema...*

O sol já estava a pino, e o clima no quartel da Polícia Militar não era o mesmo dos outros dias. Se por um lado todos - como no restante da cidade - estavam aliviados - ou até mesmo felizes! - com a morte de Caveira Branca, por outro a perda de quatro colegas, mortos brutalmente na captura do referido meliante, era algo que caia com pesar naquela tropa, cujo cotidiano era sempre tenso.

Após terminar o relatório e apresentar-se ao comandante "para prestar esclarecimentos" - rara situação na qual vestia a farda completa, ainda que desalinhada e gasta - Geraldão foi até seu alojamento para recuperar as forças. Obviamente, os "esclarecimentos" envolveram somente "um meliante sob efeitos de alucinógenos e vários cachorros ferozes" já que todo o restante era ou fantástico ou comprometedor demais para constar nos relatórios.

A ferida no corpo do sargento fora cicatrizada havia algumas horas, devido a alguma coisa que Ioná - a irmã de Inácio - fizera. Geraldão não entendeu patavina. Ainda assim, estava fatigado, e aquela fadiga que sentia não era algo deste mundo. Somada a fadiga, um estranho sentimento de inquietação e angustia o acompanhava. Seu semblante durão disfarçava dúvidas em sua cabeça e a esperança de tudo passaria após umas boas horas de sono.

Não saíam de sua mente, também, as palavras da sacerdotisa:

- *Não temo nenhum vocês. Os "meganha" das ruas já me conhecem, tanto minha idoneidade quanto meu ofício de Mãe de Santo. Temos nossa crença.*

*Temos nossa fé. E isso não pode ser chamado de crime. Vão pegar bandidos, e nos deixem em paz com nossos ritos. Nunca se esqueça disso!*

Infelizmente, o sono não lhe trouxe nenhuma paz. Seu corpo descansou, de fato. Mas sua mente, não: pesadelos de morte, gritos, medo e assombrações o acompanharam enquanto dormia, e nada parecia ser capaz de trazer descanso àquele homem.

... 

O Tenente Galvão se dirigiu até o Setor de Arquivo da corporação. Era uma sala impecavelmente organizada e limpa, com dados, gráficos e documentos facilmente disponíveis, tudo ajeitado caprichosamente pelo soldado Andrade, enquanto um cabo dormia num canto da sala e o oficial responsável sequer estava presente.

- *Senhor* - apresentou-se Andrade, após levantar-se e prestar continência.

- *À vontade* - respondeu Galvão, ordenando em seguida - *me mostre a informação.*

Andrade pegou num escaninho uma pasta escrita *DJD - Reservado.* Abriu-a e mostrou a papelada ao tenente:

- *Recebi estas informações de forma extra-oficial: não tem carimbo nem origem, não estão escritas em linguagem policial. Foram-me mandadas como entrega pessoal, não para nosso Setor de Arquivo. E nele havia instruções expressas para mostrá-las somente ao senhor.*

- *E qual a natureza destas informações?*

- *Fichas criminais de alguns marginais ligados à contravenção e ao Jogo do Bicho.*

- *Apenas isto?*

- *Não senhor. Também veio este bilhete, datilografado.*

Galvão pegou o papel de Andrade. O bilhete dizia: *"vou entregar estes bandidos a vocês, dizendo onde e como estarão. Não contem a ninguém, pois se a informação vazar, tanto aí como na Polícia Civil, os corruptos vão atrapalhar tudo. Aguardem mais informações"* .

O tenente ficou intrigado:

- *Se este informante estiver falando a verdade e ele nos disser onde estão estes meliantes, podemos prendê-los em flagrante, independente da DJD estar ou não na operação.*

Andrade concordou com a cabeça. Mais ainda: respirou fundo, ajeitou os óculos e olhou atentamente para oficial:

- *Senhor, permissão para falar francamente...*

- *Diga.*

- *Quem nos enviou isto sabe muito bem o que estava fazendo.*

- *Porque acha isso?*

- *Porque sou o único que trabalha de verdade neste arquivo. E porque o senhor não aceita um por*

*fora. Quem mandou isso deve nos conhecer de algum
lugar, ou já deve ter ouvido falar nós.*

*- De fato. E nós dois sabemos que esta
conversa morre aqui. Destrua este material.*

Andrade concordou. Depois, levantou-se e
prestou continência, antes de Galvão sair da sala.

... 

Após acordar, Geraldão lavou o rosto. A
fadiga tinha ido embora, mas as sensações estranhas
ainda lhe inquietavam.

*- Geraldão, o Tenente Galvão está lhe
chamando na sala dele* - avisou um cabo, entrando
abruptamente no vestiário onde o policial estava.

O sargento bufou e, resmungando, colocou a
camisa branca com sua patente e nome escritos em
preto, calçando em seguida o coturno.

Já era praticamente noite. Geraldão dormira
quase o dia todo. O pátio estava vazio quando o
robusto homem o cruzou: somente uma ou outra viatura
entrava e saia, sem nenhum estardalhaço.

Galvão o esperava em sua sala, e estava em pé
olhando a rua pela janela, distraído. O sargento
entrou e prestou continência da forma desleixada
como era seu costume:

*- Descansar.* - disse Galvão - *Sente-se
melhor depois da madrugada de ontem?*

*- Pronto "prá" outra, senhor.*

- *Ótimo. Porque quero você em algumas operações comigo.*

Geraldão estranhou aquela frase. Galvão era o tipo de oficial certinho e honesto. Apesar de ambos compartilharem da ojeriza ao suborno e à corrupção, o tenente jamais aprovara seus métodos.

- *Que tipo de operações?* - perguntou o sargento.

Galvão saiu de diante da janela e sentou-se em sua mesa, olhando seriamente para Geraldão:

- *Do tipo que é preciso um certo sigilo e com os quais trabalha-se com fontes...não oficiais, digamos assim* - disse o oficial.

Geraldão abriu um sorriso de satisfação.

- *Mas contenha-se! É só para pegarmos alguns canalhas* - completou Galvão.

Geraldão mantinha o sorriso no rosto. O tenente continuou a falar:

- *Você precisa recrutar outros policiais para sua patamo.*

- *É, já iria fazer isto.*

- *Faça. 'Te' mantenho informado. E você sabe não é: boca de siri!*

Geraldão não gostou:

– *Que isso tenente* – disse ele com seu tom de voz grosseiro e irreverente – *até parece que não me conhece!*

O sargento foi embora. De fatc, Galvão o conhecia, e não desejava trabalhar com ele. Contudo, frente às circunstancias, era o único policial com peito e experiência. Além disso, por ter uma ficha tão suja, manteria o sigilo acerca das fontes a partir das quais iriam operar.

. . .

Inácio entrou na casa, e viu uma beldade ao chão sobre uma esteira de palha, semelhante aquela na qual Geraldão estava deitado lá fora. Ela dormia profundamente, e sequer notou sua chegada.

Apesar de curioso, fez exatamente como sua irmã mandou. Pegou a deliciosa canjica no panelão, levou ao prato e comeu. Ao terminar a refeição, lavou o prato e os talheres, escovando os dentes em seguida.

O sono já queria tomar-lhe, mas ainda tinha que fazer o favor que sua irmã lhe pedira. Abaixou-se próximo ao pé da moça, cutucando-a de leve até que ela acordasse.

Mesmo com o rosto inchado por acabar de acordar, era linda.

– *Bom dia* – disse ele.

– *Hummm...bom dia* – respondeu ela, se espreguiçando.

– *Sou irmão de Ioná. Podemos ir?*

*- Posso tomar um banho antes?*

*- Claro, sem problemas.*

Inácio pegou uma toalha para a jovem, e mostrou onde ficava a banheira para, logo em seguida, cavalheirescamente deixá-la sozinha.

*- Qual seu nome mesmo, moça?* - perguntou o policial, após dar-lhe uma toalha.

*- Aidê* - respondeu ela.

# DOSSIÊ 5555

–

## *QUIS CUSTODIET IPSOS CUSTODES?*

Leticia desceu do táxi. Seu vestido era um longo champanhe brilhoso, que realçava as curvas generosas de seu corpo. Caminhava pelo tapete vermelho com um xale que passava pela parte de trás de sua cintura, repousando em seus braços. Seu semblante, sob os olhos sombreados e o batom rosa com brilho, era tão severo quanto indiferente.

Era noite de estreia. Os carros paravam em frente ao cinema e deixavam seus passageiros, que caminhavam para dentro pelo tapete vermelho. Os letreiros, que diziam *"Memorial de Ana Célia"*, eram gloriosos e iluminavam toda a fachada, igualmente proporcionando sombras pelas vielas em redor.

Numa daquelas vielas estava o homem de cabelos curtos, blusão florido e bigode fino. Observava ao longe. Não lhe restaram dúvidas: a mulher pela qual procurava só podia ser ela.

Um clique na pistola, já carregada. Ele guardou a arma na parte de trás de sua calça, tornando-a oculta pelo blusão florido. Observou em todas as direções. Pôs então um chiclete à boca e, discretamente, atravessou a rua em direção ao beco onde ficava a entrada de serviço do cinema.

...

Era um daqueles belos fins de tarde que só a paisagem carioca poderia proporcionar. Enquanto crianças soltavam pipas, coloridas como os guarda-sóis espalhados pela praia, rapazes jogavam bola e moças douravam seus corpos ao sol. Algumas delas chegaram até mesmo a chamar a atenção de Rodolfo, enquanto este saia do mar após mais um refrescante mergulho.

Aquele seria um tranquilo sábado de descanso do estressante trabalho na promotoria. Mas o dia não parecia que terminaria bem.

Rodolfo notou alguém a observá-lo do calçadão. Tratava-se de um homem negro, alto e forte. Vestia um terno cáqui, desalinhado mais pelo calor do que pela falta de estilo do homem, que caminhava lentamente fingindo observar somente a paisagem.

O jovem promotor, por seu turno, pegou suas coisas - uma carteira e um revolver calibre 22, enrolados sutilmente numa blusa - que deixara com um simpático casal de velhinhos. Usando a visão periférica, caminhou em direção ao ponto de ônibus sendo, sem nenhuma surpresa, seguido pelo tal homem suspeito do calçadão.

Ambos já haviam percebido que um notara ao outro. Todavia, o homem suspeito parecia muito mais tranquilo que Rodolfo, cujo coração acelerava enquanto caminhava em direção a um beco um pouco menos movimentado. Constatando não haver nenhum transeunte próximo que pudesse ser atingindo numa troca de tiros, o promotor virou-se para trás, apontando o revolver, pronto para mandar seu seguidor por as mãos sobre a cabeça.

– *Promotor, por favor, acalme-se* – pediu o homem negro e forte com a mão direita levantada, na qual segurava um distintivo.

Rodolfo então abaixou a arma, e aproximou-se para ver o documento. *Delegacia de Jogos e Diversões: inspetor Josefo*, comprovava o distintivo.

– *Acho que me deve explicações* – disse o promotor.

– *Desculpe senhor. Eu estava seguindo-o para sua própria segurança.*

– *Explique.*

– *Temos informações de um possível atentado à promotoria, a ser efetuado hoje.*

– *Eu sou o alvo, então.*

– *Não temos certeza.*

– *Como assim não tem certeza?*

– *Os informantes não foram claros. As coisas parecem um pouco confusas no Jogo do Bicho. Só sabemos que um promotor seria morto hoje, após a saída do cinema.*

Josefo guardou calmamente o distintivo no bolso enquanto Rodolfo guardava sua arma. O inspetor prosseguiu:

- *Como não sabíamos qual promotor seria a vítima, então colocamos sob vigilância reservada os que julgamos mais prováveis.*

Rodolfo então foi tomado por um semblante de preocupação, como se lembrasse de algo importante:

- *Você disse saída do cinema?-* perguntou ele.

- *Sim senhor.*

A atitude de Rodolfo era de urgência.

- *Acione seus homens. Acho que sei quem é o alvo.*

- *Hã... senhor* - retrucou Josefo, meio que embaraçado.

- *O que foi inspetor?*

Ele tirou seu chapéu, passou a mão sobre a cabeça para enxugar o suor, para então dizer:

- *Acho que teremos problemas com a parte do "acionar meus homens".*

...

- *Ok então você manteve isto em segredo e não tem reforço nesta situação?* - perguntou Rodolfo, após passar em casa, tomar um bom banho e trocar de roupa.

- *Sim senhor* - respondeu Josefo, dirigindo o carro - *não podia arriscar o vazamento da informação.*

- *Ora, mas isto seria bom de certa forma. Iria dissuadir o Jogo do Bicho do atentando.*

- *Temo que não seja este o caso, promotor.*

- *Por quê?*

-*Porque acho que tem gente da* Jogos e Diversões *na parada.*

- *Como assim?*

- *Não sei ao certo. Mas parece que há envolvimento interno. Ou de alguém ligado à Delegacia.*

Rodolfo respirou e olhou para fora do carro com semblante desleixado:

- *Então somos apenas nós dois* - disse ele.

- *Não senhor. Tenho dois guardas de confiança próximos, circulando o local.*

- *Bom. Melhor que nada.*

- *De fato. E ainda guardo um trunfo na manga.*

Rodolfo sorriu:

- *Gosta de trocadilhos, Inspetor?* - perguntou ele.

*- Trocadilhos? Não entendi.*

*- Um policial da Delegacia de Jogos e Diversões vira-se para mim e diz ter um trunfo na manga...*

Então foi Josefo quem sorriu:

*- Não sou adepto dos trocadilhos, promotor -* disse ele *- mas, neste meu trabalho, saber quais cartas usar é fundamental.*

*- Para ganhar o jogo? -* arguiu Rodolfo.

*- Para sobreviver -* respondeu Josefo, fazendo a curva mais a frente.

...

Sentada na poltrona e de pernas cruzadas, Letícia examinava o prospecto da programação com semblante desinteressado. Parecia um tanto entediada, ao contrário das demais pessoas que, enquanto tomavam seus lugares, comentavam ansiosas acerca do espetáculo que estava para começar.

Ela se levantou, andando calma e inocentemente para fora da sala e chegando ao corredor que levava ao toilette. Ao mesmo tempo, o homem de blusão florido caminhou sorrateiramente com as mãos no bolso, sem nunca perdê-la de vista, olhando de forma atenta e discreta ao redor.

A mulher então parou de forma súbita, a fim de pegar o delicado xale que acabara de deixar cair. Por sua vez, o homem que a seguia, procurando não despertar suspeitas, manteve a velocidade, esperando com isso passar por ela e tomar outro ponto de observação enquanto seu alvo estivesse no banheiro.

Entretanto, quando ele ficou numa distância de menos de um metro da moça, todos no corredor, damas e cavalheiros, paralisaram-se diante da cena.

Com um movimento espetacular e demonstrando incomum agilidade, a morena girou em torno de si e desferiu um chute no rosto do homem usando a perna exposta pela fenda do vestido que trajava. O golpe fez com que ele batesse a cabeça na parede e despencasse, nocauteado, ao chão.

– *Quem é você, e por que está me seguindo?* – interrogou Letícia, com voz firme, enquanto esticava o braço de seu perseguidor e pisava com o salto agulha nas costas dele que, por, sua vez, urrava com a dor do chute, do braço esticado e do salto encravado na coluna.

– *Senhorita, algum problema?* – perguntaram os seguranças do cinema, que chegaram imediatamente enquanto outras pessoas presentes ao local observavam a peculiar cena.

O homem suspeito urrou novamente de dor:

– *ESPERA, ESPERA, EU POSSO EXPLICAR!!* – clamava ele.

– *Tudo bem, eu sou da promotoria* – respondeu a mulher aos seguranças, estupefatos diante da cena – *Peguem minha bolsa, junto ao xale no chão, e confiram* – ordenou ela, diante da incredulidade dos seguranças, sendo prontamente atendida.

Ao abrirem a pequena bolsa, lá estava a identificação: Dra. Letícia Miranda, Promotoria Pública.

Ela então forçou mais o salto nas costas do homem:

– *E quanto a você: quero respostas. AGORA!*

– *'PERAÍ'* , *'PERAÍ'* – disse ele – *A SENHORA VAI ENTENDER! TAMBÉM TENHO UMA COISA PRA MOSTRAR!*

Ela puxou mais forte o braço dele:

– *Explique!*

– *NO MEU BOLSO, NO MEU BOLSO...*

Fazendo um sinal com a cabeça, ela ordenou a um dos seguranças que revistasse os bolsos do homem, sendo encontradas uma pistola, uma carteira e uma identificação: *Delegacia de Jogos e Diversões, Investigador Nogueira.*

A promotora soltou ao homem e tirou-lhe o pé das costas. Enquanto o investigador se levantava, ela fez outro sinal de cabeça como ordem aos seguranças para que devolvessem os pertences do policial.

– *Você ainda me deve explicações, investigador* – exigiu Letícia.

...

Rodolfo e Josefo observavam entrada do cinema de dentro do discreto automóvel, atentos e com as armas à mão. A rua parecia menos movimentada depois que a sessão tinha começado, e a experiência de Josefo já lhe havia alertado para o carro preto mais a frente. O veículo estava em direção oposta tanto a seu veículo quanto à entrada do cinema.

– *Perfeito para um ataque rápido com o carro em movimento* – explicou o policial ao promotor.

– *Mas, após a sessão, a entrada do cinema pode ficar muito cheia e dificultar os tiros* – retrucou Rodolfo.

– *Eles provavelmente vão esperar que ela tome o táxi, para então crivá-lo de balas num sinal menos movimentado* – explicou Josefo.

– *Entendo. E quanto aos outros guardas?*

– *A mensagem de rádio que recebi agora a pouco era deles. Estão mais adiante, na esquina.*

– *Menos mal.*

– *De fato. Mas, sinceramente, espero que isto não seja necessário. Vamos tirá-la de lá e levá-la para casa.*

A conversa dos homens foi então interrompida pelo olhar surpreso de Josefo, quando viu o homem de blusão florido saindo do cinema, olhando discretamente em redor enquanto mascava chiclete. Percebendo o carro do Inspetor, o tal homem do blusão retornou para dentro do cinema de forma tranquila e cautelosa.

– *Não acredito!* – exclamou Josefo – *o que esse cara tá fazendo?*

- *O que foi?* - perguntou Rodolfo.

Josefo ficou mais confuso ainda quando o homem de blusão florido retornou, pouco antes da chegada de um carro que parou em frente ao cinema:

- *Mas o que esse cara pretende?* - questionava, indignado, o Inspetor.

- *O que houve?* - perguntou Rodolfo, preocupado por ver Josefo daquela forma, que não teve tempo de responder.

O homem do blusão florido saiu de novo do cinema e abriu a porta do carro, enquanto mulher dirigia-se para dentro do veículo. Ao mesmo tempo, o carro suspeito, estacionado mais adiante, arrancou em direção à entrada do cinema.

- *'VAMÓ', 'VAMÓ' !* - gritou Josefo, descendo do carro seguido por Rodolfo, ambos com armas em punho.

Em alta velocidade, um dos homens do carro suspeito disparou uma rajada de metralhadora, crivando o carro e a fachada do cinema, fazendo chover estilhaços de vidro, concreto e neon na entrada do estabelecimento. Mas, antes mesmo dos tiros terem sido disparados, tanto Letícia quanto Nogueira já tinham se lançado ao chão, a fim de sair do raio de alcance dos disparos. Foram cobertos inofensivamente pelo vidro e pela poeira dos pedaços de concreto.

Audaz e cheio de fúria, Nogueira então se levantou para efetuar vários disparos contra o automóvel, um deles atingindo ao pneu, o que tirou completamente o controle do motorista e o fez bater num poste.

Cercando pelo outro lado, Rodolfo e Josefo dispararam contra o veículo, atingindo o primeiro sujeito que saíra do carro.

Os outros dois assassinos desceram do automóvel, usando a porta proteger-se dos tiros de Josefo e Rodolfo que estavam, por sua vez, desprotegidos. Esconderam-se atrás de outros postes devido aos tiros do bandido com a metralhadora, que também crivou de balas a outra viatura que repentinamente surgiu virando a esquina e vindo em direção ao cinema.

Ao mesmo tempo, correndo temerariamente entre as rajadas inimigas que atingiam ao chão e outros carros próximos, Nogueira disparou contra o bandido usando a metralhadora, atingindo-lhe em cheio e tirando-o imediatamente de combate.

– *ME DÁ COBERTURA* – gritou Josefo para Rodolfo, que avançou em direção ao carro cuja porta havia sido atingida várias vezes pelo promotor – *LARGA ARMA! 'VAMBORA' , LARGA A ARMA!* – ordenou o Inspetor, apontando a pistola para a cabeça do motorista, ultimo bandido que restou.

Apesar dos tiros, os policiais da viatura que vinha da esquina não foram atingidos. Reunindo-se em torno do carro dos assassinos, todos perceberam que nem promotores, nem Josefo, nem Nogueira foram feridos.

– *VOCÊ TÁ DOIDO CARA?* – inquiriu Josefo, furioso, a Nogueira, que pareceu ter gostado da adrenalina.

- *O plano foi meu, Inspetor* - interrompeu a Letícia, aproximando-se. Estava linda, apesar do cabelo levemente desarrumado e da poeira de concreto sobre ela.

Josefo bufou e olhou com seriedade para a mulher. Ela se pôs a explicar:

- *O investigador Nogueira me avisou do plano para me matar e da possibilidade de policiais estarem envolvidos. Ele também disse que você estaria aqui e poderia me escoltar até minha casa. Mas, se fizéssemos assim, jamais saberíamos quem são os assassinos, nem conseguiríamos incriminá-los.*

Rodolfo arregalou os olhos:

- *Você colocou sua vida em risco só para descobrir quem eles são?* - retrucou ele.

- *Risco calculado* - respondeu a mulher.

- *Mas eles poderiam escapar!* - reclamou Josefo.

- *Improvável* - discordou a promotora - *estavam cercados.*

Mais sirenes se ouviram. Tratava-se de uma ambulância e da Corregedoria.

- *É o Leônidas, da Corregedoria?* - perguntou Josefo.

- *Sim* - respondeu Letícia - *eu telefonei para ele uns quarenta minutos atrás.*

*– Ok, vamos resolver isto aqui e escoltar vocês até suas casas* – disse Josefo para os promotores, dividindo Nogueira e os guardas que estavam na viatura para fazerem o serviço de proteção.

. . .

A viatura parou em frente ao prédio, cuja entrada de mármore denunciava a o luxo do condominio. A promotora saiu do automóvel, despedindo-se friamente de todos:

*– Obrigada. Boa noite aos senhores.*

Rodolfo saiu rápido do carro e deu uma corridinha até ela.

*– Letícia...*

*– Sim?* – respondeu em tom seco a promotora.

Josefo, Nogueira e os outros guardas esperavam na viatura.

*– Está tudo bem?* – perguntou ele.

*– Sim, tudo em ordem* – respondeu ela, coberta de poeira e cacos de vidro.

*– Fiquei preocupado com você. Está tudo bem mesmo?*

*– Está.*

A resposta da mulher foi ainda mais seca, antes de virar-se para ir embora. Foi então que pareceu se lembrar de algo:

– *A propósito* – disse a promotora, voltando-se para Rodolfo.

– *Sim?* – perguntou ele, abrindo um sorriso.

– *Gostaria que não me chamasse pelo primeiro nome, ok?*

Letícia então chamou o elevador, que não tardou a chegar. Adentrou nele sem nem olhar para os homens lá fora. Nogueira e um dos guardas ficaram então de campana em frente ao prédio, enquanto Rodolfo entrou no carro de Josefo seguindo, finalmente, para sua casa.

– *É, parece mesmo que, com ela, não dá* – pensou consigo o promotor, olhando para as luzes noturnas da cidade.

# DOSSIÊ 0211

–

# ARLEQUIM

Diz-se que o mágico nunca revela seus truques.

Anabello não era dado a mandamentos ou códigos de conduta. Na verdade, desprezava e zombava deles. Todavia, o dogma de jamais demonstrar o que havia por trás das ilusões produzidas por sua destreza era uma das raras exceções.

Não por falta de tentativas, decerto. Com uma lâmpada apontada para seu rosto, olho roxo, dentes quebrados, nariz sangrando e duas costelas fraturadas, ele somente provocava os investigadores da Delegacia de Jogos e Diversões que dirigiam o interrogatório. Era uma sala escura, onde ficavam jogadas fantasias de artistas e instrumentos musicais confiscados. Lá, Anabello se encontrava algemado, sentado numa cadeira. Apesar dos ferimentos e do estado da masmorra - com paredes de tijolos expostos, infiltrações e fedor de esgoto - dizia-lhes mansa e sarcasticamente como faria amor com as irmãs e esposas de ambos os policiais, enquanto estes o espancavam exigindo esclarecimento acerca de como cometeu os crimes de "furto qualificado, falsidade ideológica e atentado à moral e bons costumes".

Aquilo foi somente o principio das dores para Anabello. Fazia parte das lembranças, sempre remoídas, do tempo em que esteve preso. Memórias que vieram à tona quando observou, dentro do baú ao lado da cama onde dormira, a fantasia de Arlequim que usava em seus shows, fantasia que lhe valeu tal alcunha na boemia carioca. Podia ver a indumentária devido as luzes dos letreiros das casas noturnas em redor, acesas devido ao recente cair da noite, e que eram a única iluminação dentro do quarto.

Mas as luzes artificiais não revelavam somente a fantasia no baú. Elas também se lançavam sobre o curvilíneo corpo de Fenícia, dormindo após a intensa tarde de amor com Anabello, sentado na cama ao lado dela. Caso antigo, apenas baseado no desejo. Aquelas mesmas luzes sobre a ruiva traziam a ele outras lembranças. Enquanto se vestia, afivelando o cinto e pondo uma camisa sobre seu torneado dorso, Anabello lembrou-se do corpo feminino que o fez amargar os piores meses de sua vida na cadeia. Enquanto abotoava o blusão, ele descia as escadas da usina abandonada onde o casal se encontrara. E, saindo do recinto, deixou as lembranças o tomarem, encarando-as como combustível para o objetivo que determinara para si.

...

O clima era terrível dentro da casa. A filha sangrava no lábio superior e tinha a marca da mão de seu pai no rosto. Caída ao chão, diante da mãe chorosa, olhava decidida e bravamente para o imponente senhor que lhe ameaçava com dedo em riste.

– *Eu não criei minha filha para isto!* – dizia ele, tentando conter, na frase, sua fúria.

A moça limpou o sangue no lábio, sem arrefecer seu ânimo:

– *Faça o que quiser papai* – respondia ela, olhando nos olhos do homem que apontava-lhe o dedo – *me bata. Me amarre. Me expulse...*

O pai segurou furiosamente a filha pelos cabelos e bateu-lhe mais forte, lançando-a no sofá da sala.

Ela continuou:

– *ME MATE SE QUISER! EU JÁ ME DECIDÍ!!*

As mãos e os braços do pai já estavam fatigados de bater na própria filha que, mesmo diante de todo o castigo físico a que foi submetida, não recuara em momento algum:

– *Pelo amor de Nossa Senhora, pare! Pare, por favor!* – clamou a mãe, segurando seu marido.

Ele, por seu turno, caiu sobre a poltrona.

– *Tudo bem mocinha* – disse, após engolir o choro que não vinha, respirar fundo para recuperar fôlego e tomar coragem de enfrentar o que julgava ser inaceitável – *Vou aceitar sua decisão. Traga-o aqui para que sua mãe e eu o conheçamos* – ordenou.

Melissa então se levantou. Esboçou abraçar ao pai, mas ele virou o rosto, e sua mãe lhe deu sinal para tão somente voltar ao quarto.


*Algumas semanas antes*

Melissa e sua amiga, Mariana, voltavam da escola nas Laranjeiras, uma das mais tradicionais do Rio de Janeiro. Ambas rindo discretamente, comentando sobre a aula e os casos curiosos que tão comumente despertam interesse nos jovens recém saídos da adolescência.

Anabello passeava por ali. Não era um campo tão fértil para trambiques quanto o Centro e a Lapa, mas gostava de apreciar o bairro ordeiro e arborizado da classe média carioca. Além disso, como juraria sarcasticamente o próprio ilusionista, ele não era do tipo que se dava a trambiques!

Mas eis que os destinos de Melissa e Anabello se cruzaram. Literalmente. Em direções opostas, a jovem estudante não pôde deixar de notar o belo homem branco de olhos e cabelos castanhos, cujas mechas por vezes caíam a frente de um de seus olhos. Era charmoso e sedutor em seu terno, cuja péssima qualidade não correspondia aos trejeitos elegantes que expressava.

Ele por sua vez se encantou com o sorriso delicado da boca bem desenhada da moça de cabelos negros brilhosos, amparados pelo singelo arco.

O olhar de Melissa e de sua amiga denunciaram claro interesse, mas, tímidas, tentaram disfarçar ao passarem por Anabello. Ele olhou para trás, com sorriso malicioso, percebendo o óbvio: ambas olhavam para trás também.

Anabello não perdeu a oportunidade. Grande mágico que era, calculou a virada de quarteirão que teria de fazer para encontrar as moças novamente. Depois, "pegou emprestado" habilmente uma rosa de um florista de rua, fingindo estar pedindo

informação num endereço de jornal velho que pegou
pelo chão mesmo.

Ao passarem pela esquina, surpreendente como
são todas as ilusões do impossível, Melissa e sua
amiga viram Anabello recostado num poste com a rosa
vermelha na mão:

- *Mil perdões senhorita, por ofendê-la* -
disse ele.

Melissa não compreendeu, e sua amiga estava
igualmente confusa.

- *Mas o que você me fez?* - perguntou ela,
desfazendo o sorriso em seu rostinho.

- *Terei de ofendê-la oferecendo-lhe a única
coisa que tenho, esta rosa, que nem de forma
infinitesimal se assemelha à sua beleza.* - recitou
Anabello.

Eis o dilema de Melissa: como resistir ao
lindo e galanteador rapaz que surgiu diante dela
como num passe de mágica?

Ela não o fez.

Nas semanas seguintes, eles se encontraram às
escondidas nos fundos da escola, cujo muro ela
pulava para encontrar seu amado. Não demorou para
acontecer o primeiro beijo, e as juras de amor
estavam cada vez mais poéticas da parte de Anabello
e apaixonadas da parte de Melissa.

Até que ela reuniu coragem para tomar uma
decisão.

- *Falarei com meu pai sobre nós. E será hoje.*

Eles se beijaram apaixonadamente. Anabello tomou Melissa pelos braços:

- *Nada vai nos separar princesa. Nada!* - disse ele ao pé do ouvido da moça.

No dia seguinte, Anabello não precisaria se esconder com Melissa nos fundos do local onde ela estudava. Mesmo com o rosto machucado da jovem, ambos foram de mãos dadas pela rua. Tomaram sorvete e causavam inveja nas demais alunas, que saiam naquele horário da escola.

- *Agora poderemos ficar juntos* - disse Melissa, segurando o braço de seu namorado e andando nas nuvens.

...

As lembranças ainda magoavam Anabello enquanto o bonde e posteriormente o lotação lhe deixaram no bairro onde pretendia chegar. O casarão de muros altos, adornados pelas trepadeiras, bem como o imponente portão de ferro, indicavam o local de chegada.

Cerca de vinte capangas, capoeiras, brutamontes e pistoleiros rodeavam pelo casarão.

Mas Anabello gostava de desafios.

Cerca de uma hora depois, dentro da casa, Neto da Lapa bebericava capirinha na varanda que dava para a piscina, tendo ao seu lado duas passistas em trajes de banho coloridos. Era guarnecido por dois homens mal encarados, com revolveres na cintura.

No rádio, tocava *Pierrot Apaixonado*.

Uma explosão interrompeu o clima.

Os capangas sacaram seus revólveres, e as passistas gritaram assustadas. Neto era o único que não parecia aturdido, olhando então para a piscina, que se enchia de fumaça e recebia luzes estranhas, revelando a figura de um arlequim bem no centro, como se estivesse de pé sobre as águas.

A piscina foi imediatamente cercada pelos demais capangas do bicheiro. Todavia, outros arlequins apareceram pelos quatro quantos do quintal, dispersando e confundindo os patifes.

Os ataques que se seguiram somente frustraram aos leões de chácara, posto que socaram parede aqueles que atacam os arlequins dos cantos do quintal e caíram pateticamente na água os demais que foram ao encontro do primeiro que surgiu, no centro da piscina.

— *Já satisfez seu ego narcisista?* — perguntou Neto, em voz alta.

Os dois malandros que cuidavam da segurança de Neto foram, então, atacados por Anabello, que surgiu atrás deles derrubando o primeiro com um golpe no joelho, nocauteando o segundo com um soco no rosto, e arremessando o capanga que estava de joelho da varanda até lá embaixo, na piscina.

*- Sabe como é* - disse o mágico, batendo as mãos como se as limpasse de poeira- *uma bela entrada é fundamental para o show.*

*- Sei* - disse Neto, sentando-se em sua cadeira e tomando mais um gole de capirinha, enquanto as passistas, livres do medo que sentiam, olhavam maliciosamente para o homem que acabara de entrar. *- Agora me dê um bom motivo para não te esfolar vivo?*

*- Tenho uma proposta para o senhor e seus colegas empresários de jogos populares* - disse Anabello.

O tom de Neto era blasé:

*- Estou ouvindo. É o tempo dos meus homens saírem da piscina e chegarem aqui em cima para te moer de porrada.*

*- Preciso que financiem o meu maior número, a maior de todas as minhas mágicas.*

*- Não gosto de mágicas. E minha paciência é curta, sabe...*

Anabello escutou um clique de pistola, sem saber onde ela estaria.

*- Desta mágica os senhores vão gostar* - argumentou o mágico, mantendo a calma.

*- E qual seria?*

*- Eu vou fazer a Delegacia de Jogos e Diversões...desaparecer!* - prometeu, Anabello,

sentando-se numa mesa, tomando uma uva das frutas na bandeja a sua direita e levando-a a boca.

Neto levantou a mão em sinal de "pare".

A pistola não disparou.

– *Ok* – disse Neto – *fale-me sobre este seu show.*

# DOSSIÊ 1001

—

# O PRÍNCIPE DA LAPA

*Feijão de Dona Inácia.* Zé-Caolho mandava ver na feijoada, jantando com Lakhama – o líder da malta dos Quebra-Ossos – e outros capangas do Jogo do Bicho. Comemoravam o aniversário de Neto da Lapa.

Ao mesmo tempo, um homem com farda negra da Polícia Especial e máscara cinza desceu de um carro, bem longe. Atravessou a Lapa com metralhadora em punho. Os boêmios e decaídas afastaram-se imediatamente ao verem aquele solitário sujeito de coldre de corpo para pistola e revolver, cuja farda não exibia nenhuma identificação, avançando em direção ao restaurante.

O sujeito parou do outro lado da rua e em frente ao *Feijão de Dona Inácia*, que não tinha havia janelas: Era totalmente aberto, decorado num estilo tropical.

Um capanga engasgou. Quase não teve tempo de avisar a Zé-Caolho do perigo eminente:

– *ABAIXA, ABAIXA!* gritou o malfeitor sem olho, enquanto a metralhadora devastou a fachada e as mesas do restaurante. Após descarregar o pente e pulverizar a entrada, havia comida, cadeiras e cacos de porcelana espalhados pelo chão, além de papéis voando pelos ares. No chão, quatro dos seis capangas alvejados.

Começou a troca de tiros. O homem fardado, atrás de um poste, refugiou-se dos disparos de Neto e seus cupinchas, trocando o pente da metralhadora. Na primeira pausa dos ataques dos capangas, o atacante virou-se e disparou mais uma rajada. Depois, sacou imediatamente a pistola, disparando quantos tiros pôde. Todas as investidas eram em Zé-Caolho, que se escondeu atrás de uma mesa, com os patifes que não haviam sido atingidos.

Mais dois tiros, até que se acabaram as balas da pistola. Ele a guardou e puxou o revolver, saindo de trás do poste e atravessando a rua furiosamente diante de mais uma onda de tiros dos inimigos, que não o atingiram.

Outro capanga alvejado. Eles revidavam, desesperados, sem acertar ao homem de farda negra que avançava contra si. Apenas Lakhama permanecia imóvel, de braços cruzados, fitando o oponente misterioso.

Ouviu-se então barulho de sirenes. Aquele segundo de distração foi quase fatal para o sujeito misterioso, atingindo no braço por um dos pistoleiros do bicheiro. Com raiva, ele revidou, acertando o chapéu de Zé-Caolho, mas sem causar-lhe dano.

O homem fugiu enquanto a policia parou em frente ao restaurante. Pegou o carro e rapidamente escapou dali.

Seu braço sangrava. Sentia muita dor.

E a pior delas era a do fracasso.

...

     *- Que vida difícil a minha* - disse a mulher de pele marrom e olhos verdes, cuja beleza escondia seus mais de quarenta anos.

     Natã, que acabara de acender a luz da sala, apontou a arma para o sofá. Não tinha se apercebido de que Nelita estava em sua casa naquela noite, sentada no móvel.

     Sem temer a arma apontada para si - que logo foi guardada por Natã - ela terminou de falar:

     *- Tenho um marido no hospital e o homem que considero como filho sai arriscando a própria vida como um maluco. Terei de ir a dois enterros?*

     Natã lançou a máscara que usara no rosto e as armas sobre a mesa, logo depois colocando a mão sobre o tiro de raspão que levara no braço:

     *- Eu tinha que fazer alguma coisa. Estes canalhas não podem continuar dando as cartas* - respondeu ele, revoltado.

     Nelita balançou a cabeça em sinal afirmativo:

     *- Sim* - disse ela, sarcasticamente - *e levar tiros no braço, metralhar o restaurante de uma pessoa que não tem nada a ver com isso, ameaçar inocentes no meio da rua e ainda por cima não pegar o bandido é uma grande demonstração de de algo a se fazer!*

Natã, mesmo ainda ardendo em fúria, abaixou a cabeça, resignado diante das palavras da imponente mulher. Bufou e sentou-se numa cadeira.

Ela prosseguiu:

- *Por acaso quer ser um novo Mascarate?* - questionou.

- *Mascarate falhou. Agora está morto* - respondeu ele, tirando uma das botas - *Eu só estou fazendo meu trabalho.*

- *Seu trabalho?* - disse ela com as mãos nas cadeiras - *sair a noite de máscara e atirar como um doido varrido é "fazer seu trabalho"?*

- *Você não entende.*

Ela ergueu o dedo indicador. Natã imediatamente se apequenou.

- *Eu sou mulher de um policial e mãe de outros dois. Não me venha das aulas sobre "ser policia", moleque!*

- *Estou fazendo meu trabalho como aprendi!* - respondeu Natã, baixando o tom de voz.

Ele virou o rosto de lado, contrariada.

- *Não mesmo!* - disse Nelita - *Isso não é nada parecido com qualquer coisa que o Orlando tenha te ensinado acerca do "seu trabalho"* - seu dedo permanecia riste para o rapaz.

- *EU ESTOU FAZENDO EXATAMENTE O QUE ELE ME ENSINOU!* - gritou Natã, levantando-se e em protesto contra lição de moral que estava ouvindo – *Compreender o bandido para enfrentá-lo. Só falhei na hora do enfrentamento.*

Ela respirou fundo:

– *Compreender o bandido?*

– *Você não entende! Eu estou agindo como os criminosos. Misturando-me a eles. Atacando-os de surpresa.*

Ela tentou segurar o riso. Baixou a cabeça lamentosamente:

– *E você acha que entende a bandidagem?* – perguntou Nelita – *Acha mesmo que imitar eles é combater eles?*

O rapaz engoliu suas frases feitas e cheias de certezas. Orlando era um investigador genial, mas nunca imaginou que a esposa dele e sua mãe de criação soubesse tanto sobre aquilo.

– *Isso não pode ficar deste jeito* – disse Natã, arrefecido – *seja como for, de um jeito ou de outro, eles vão pagar pelo que fizeram. Zé Caolho não pode ficar impune.*

Nelita então olhou maternalmente para o jovem, perdido em tanta tolice:

– *Você não vai desistir não é?* – perguntou ela, com o olhar de preocupação que só as mães podem expressar.

– *Não!*

Ela respirou fundo, mais uma vez.

- *Então vou matriculá-lo na escola que você
precisa.*

`...

*Dia Seguinte*

- *Este time do Vasco é imbatível*! - dizia,
orgulhoso, o homem de cabelos grisalhos sentado em
uma das duas poltronas da pequena barbearia,
localizada no bairro São Cristóvão.

- *É verdade, timaço!* - respondeu o barbeiro,
enquanto aparava as costeletas de seu cliente. Era
um homem negro, totalmente calvo, de bigode cerrado
e branco, cuja voz imponente ao mesmo tempo
transmitia bondade e confiança.

Foi quanto Natã chegou na barbearia.

- *Natã? Que surpresa! Um minuto filho, que
já vou atender você* - disse ele, apontando a navalha
para um banquinho vazio do estabelecimento, quando
viu que seu sobrinho acabara de chegar.

- *Eu não vim para cortar cabelo* - respondeu
o rapaz, parado na entrada da barbearia, com o sol
da manhã projetando sua sombra no estabelecimento.

- *Tá bom filho, mas não posso receber visita
agora. Senta ai que já paro para tomar um café
contigo* - disse o barbeiro, ignorando a seriedade
do jovem e voltando-se para a costeleta de seu
cliente.

- *Também não vim para fazer visita.*

- *Ora filho, então o que você quer?* - respondeu o barbeiro, sem nem sequer olhar para o rapaz, concentrando-se em seu trabalho.

- *Quero que me ensine.*

- *Ensinar o que filho?*

Ele estava terminando a outra costeleta de seu cliente.

- *A arte na qual o senhor é mestre.*

O homem fez uma careta de debochado espanto, mas não interrompia o serviço:

- *Mas para que você quer ser barbeiro? Você já é investigador de polícia!*

- *Não é desta arte que falo. É da outra...*

A ficha caiu. O assunto tomou outro nível de gravidade. Até o cliente percebera. Na barbearia, pairou um sentimento de violação, semelhante ao de um templo profanado.

- *Quanto te devo?* - perguntou o homem a cortar o cabelo.

- *Fica por conta da casa* - respondeu o barbeiro, com sua voz inconfundível, sem sequer olhar para o cliente.

O homem voltou-se para o rapaz, enquanto o sujeito que havia feito a barba saía de fininho:

- *Desculpe filho. Cortar cabelo e fazer barba é tudo que posso ensinar.*

O rapaz deu um passo à frente:

— *Preciso de sua ajuda* — disse.

— *Não, não precisa* — respondeu ele, de forma inexorável, enquanto se dirigia a pia da barbearia — *Hoje a capoeira me é prazer e arte.* — decretou o barbeiro, lavando as mãos e o rosto — *não me meto mais com estas buscas vaidosas de vingança, sangue e dor.*

— *O meu caso é diferente.*

O tom até então sereno e acolhedor do homem mudou:

— *Nunca é diferente garoto!* — respondeu ele — *E você não sabe onde está se metendo, Natã!*

O rapaz abaixou a cabeça e respirou fundo, lembrando-se do dia em que foi brutalmente espancado por Lakhama:

— *O senhor se engana. Sei exatamente com o que estou lidando.*

O barbeiro foi em direção ao jovem, encarando-o, ficando a um palmo de distancia dele:

— *Você acha que sabe o que é uma guerra de capoeiras, moleque?* — questionou — *acha que sabe que é isso só porque levou uma sova daquele "Quebra-osso"?*

Natã o encarava, emburrando a cara.

— *Eu vi as Guerras de Maltas antes de você nascer!* — disse o homem, rosto a rosto com o jovem

*- eu vi as ruas do Rio cheias de sangue. Lutei em várias destas batalhas, por mim, pela minha Malta ou até mesmo por interesses políticos que sua cabecinha nem imagina!*

Natã contemplava, contrariado, mas sem encontrar palavras. O barbeiro, por sua vez, virou-se para diante do espelho, como se exorcizasse fantasmas em sua alma:

*- Já enterrei meu passado como mestre de capoeira. E não vou ressuscitá-lo pelo pedido de vingança de um menino confuso devido injustiças que sofreu.*

Natã abandonou suas esperanças.

Mas foi o barbeiro, então, surpreendido:

*- E se for pelo clamor de uma mãe, irmã e esposa?* - perguntou Nelita, chegando repentinamente na barbearia e despejando a sombra da silhueta de seu corpo sobre o homem.

Ele virou-se para ela, entristecido. Ela clamou:

*- Meu irmão, dê a ele uma chance.*

O homem respirou fundo e franziu a testa.

*- Irmã, eu jurei. Sabe disso! A capoeira já foi por tempo demais instrumento de violência, vingança e dor. É hora de um novo tempo para ela. E para mim.*

Nelita colocou a mão na testa, preocupada:

- *Meu irmão, me ouça* - pediu ela, pela segunda vez.

- *Não irmã, acabou!* - decretou o homem, elevando seu tom de voz - *Acabaram as disputas por territórios dos anos atrás! Já passou a tal da Revolução do Getúlio! Já acabaram as Guerras de Sangue! Capoeira agora é cuidado, é arte, é cultura. Eu não vou violar isso. E eu não vou mandar mais mancebos para esta matança, muito menos meu sobrinho!*

Um silêncio tomou o local por alguns segundos.

- *Natã, pode nos dar licença um minuto?* - pediu, Nelita.

Cabisbaixo, o jovem atendeu ao pedido.

O barbeiro bufou. Por sua vez, a mulher colocou uma mão na cintura e ergueu o dedo indicador antes de falar:

- *Meu irmão, lembra quando eu tinha quatorze anos e queria ir ao samba na roda do Gago, mas papai não queria me deixar ir?*

O semblante magoado e tenso do homem deu lugar a um sorriso discreto. Pareceu se acalmar:

- *Se lembro!* - disse ele - *tivemos que esperar ele dormir, pular a janela e sair pelos fundos para ele não nos ver.*

- *Sim. Você ele deixava ir. Eu, por ser mulher e mais nova, não.*

*– Verdade! Ele dizia que sua beleza era um perigo no samba.*

Foi a vez dela concordar:

*Sim. Mas ainda assim, escondidos e com o risco de levarmos uma surra do papai, você me levou.*

O homem então a olhou carinhosamente:

*– Lógico. Você nunca me pediu nada que não fosse muitíssimo importante para si mesma –* disse ele.

Novo silêncio. E, pela segunda vez no dia, a ficha caiu para o barbeiro...

*– Tome-o como discípulo. Sou eu quem esta pedindo.*

O barbeiro buscou palavras para negar o pedido, mas ela não o deixou falar:

*– Não é para derramar sangue. Não para gerar violência. Não é para causar dor. É por algo maior e mais importante que tudo isso. Você, mais que ninguém sabe que a capoeira não é sobre violência...*

O silêncio que antecedeu a resposta tomou a barbearia, enquanto o homem sentou-se numa poltrona como se o peso do mundo estivesse sobre seus ombros. O barbeiro olhou então para a navalha sobre o balcão, fechou os olhos e respirou fundo mais uma vez.

*– Mande o garoto fazer as trouxas –* ordenou *– vou levá-lo ao meu velho barraco no moro.*

Os olhos da mulher encheram-se de lágrimas:

- *Obrigada, obrigada irmão, obrigada -* repetia ela, beijando incessantemente ao barbeiro.

-*Tudo bem, tudo bem* - disse ele, sorrindo e levantando-se da cadeira, enquanto Nelita saia da barbearia para encontrar com Natã.

- *Minha irmã, espere.*

- *Sim?*

- *Você não teme alimentar o desejo de vingança dele.*

- *Você ainda não entendeu, irmão? -* questionou a mulher, já do lado de fora da barbearia.

O homem estava parado, esperando para ouvir:

-*É justamente para que ele não se vingue que eu pedi para que o tomasse como discípulo* - explicou Nelita.

. . .

As mulheres subiam e desciam do morro com lata d' água na cabeça, enquanto seus filhos corriam brincando à volta. Terra, árvores e mato eram cortados pelos barracos, de diferentes tamanhos, e às vezes uma ou outra casa ou venda de alvenaria.

- *Está vendo os pequenos muros marcados com o traço de tinta cinza? -* perguntou o velho barbeiro para Natã, enquanto ambos subiam ao morro.

- *Sim* - ele respondeu, estranhando porque aquelas paredes relativamente próximas estavam espalhadas, ziguezagueando a subida do morro sem razão arquitetônica aparente: - *O que tem eles?* - perguntou.

- *Por enquanto, só preciso saber se você os percebeu* - respondeu o mestre entre os muitos comprimentos que recebia das várias pessoas na longa e cansativa subida.

Após um bom tempo de caminhada, ambos chegaram a um dos pontos mais altos do morro. Tratava-se de um pequeno largo natural, com uma vendinha onde bancos e mesas de toco de árvore denunciavam que à noite oferecia-se ali bebida e música. Havia também algumas casas simples e duas moradas chamativas: uma simples, que parecia fechada há muito tempo, e outra grande, de alvenaria e bem arrumada, que destoava dos demais barracos da favela.

Além daquilo tudo, outra coisa logo chamou a atenção de Natã: uma moringa aparentemente inalcançável, pendurada no tronco de uma enorme árvore que deixava a moringa a uma grande altura.

Mestre e aprendiz entraram na casa simples, que estava fechada.

- *Ali é sua cama* - disse o barbeiro, apontando para uma esteira no canto do acanhado barraco, enquanto colocava sua trouxa em cima de outra cama - *pode ficar a vontade. Descanse até a noite.*

Mas, antes de ter entrado, Natã sentira algo estranho. Como se alguém o estivesse observando.

Olhando em volta, desconfiado como era enquanto policial, percebera um rosto pouco definível olhando para ele de dentro da janela da bela casa da alvenaria. A cortina foi puxada pelo lado de dentro, ocultando-lhe tal rosto e suas intenções.

. . .

O partido-alto ecoava do botequim improvisado. Os moradores cantavam e bebiam enquanto contemplavam uma jovem de pele achocolatada dançando: cintura fina, coxas generosas e bumbum arrebitado. Seus cabelos cacheados estavam presos, caindo pelas suas costas, e o salto vermelho combinava perfeitamente com o vestido.

Já era noite, e do alto do morro se podia ver a Cidade Maravilhosa, com infinitos luminares adornando as formas da urbe, contrastando com os barulhos de sirenes e carros ao longe.

– *Achou ela bonita?* – perguntou o barbeiro, sentado com seu pupilo na porta do barraco.

– *Bonita? Esta mulata é uma deusa!* – respondeu ele.

O velho riu enquanto enrolava um cigarro de palha:

– *Dance com ela* – ordenou o barbeiro.

Natã emburrou a cara. Já estava contrariado por não entender a razão de ficar o dia todo na favela fazendo apenas afazeres domésticos ou ajudando outros moradores com problemas pequenos. E não compreendeu por que estava com seu mestre ouvindo música ao invés de aprender capoeira.

- *Não sei dançar.* - respondeu, virando a cara.

- *Vá assim mesmo.* - contrapôs o barbeiro, despreocupadamente, sem olhar para seu aprendiz.

O rapaz se irritou e procurou por palavras polidas para retrucar:

- *Olha, não me leva a mal. Mas não quero saber de dançar! Quando começaremos meu treinamento?*

O velho riu:

- *Garoto tolo* - disse ele, ainda preparando seu cigarro.

- *Como é?*

- *Você aprende e se adapta rápido, menino. Este sempre foi seu maior talento. Mas não percebeu uma coisa.*

Natã ficou confuso e uma pausa se seguiu, com ele olhando para seu mestre enquanto balançava a cabeça negativamente:

- *E o que não percebi?*

O velho então acendeu o cigarro que acabara de preparar. Levou à boca, deu uma tragada profunda, e disse:

- *Você já está sendo treinado, moleque. Começou seu treinamento no momento em que chegou na favela e viu os muros marcados.*

Natã recuou. Lembrou, repetindo para si mesmo, que estava diante de um dos maiores capoeiras que o mundo já viu. Um guerreiro poderoso e sábio, que já ensinava a arte desde antes dele nascer.

- *Dance com ela, filho.* - ordenou, serena e novamente, o velho.

Encabulado e vacilante, Natã se achegou à roda de samba, com as pessoas em volta olhando para ver no que ia dar. Ao mesmo tempo, a mulher continuava dançando com um sorriso no rosto.

- *Posso?* - perguntou Natã para a moça, estendendo-lhe a mão em convite para dançar. Ela deu-lhe as costas, sorrindo para o rapaz, e foi se aproximando dele com seu requebrado. Depois virou de frente e lhe deu a mão, aceitando o convite com um sorriso estranhamente fraternal.

Desajeitado, ele tentou acompanhar os passos de sua graciosa parceira de dança, gerando risos no pessoal em volta. Indignado por passar por aquele constrangimento, Natã olhou para seu mestre, fumando calmamente o cigarro de palha na porta do barraco.

- *Vem cá querido* - disse a moça, suavemente, pegando Natã pela mão antes que ele abandonasse a roda de samba.

- *Não adianta, eu não sei fazer isso* - disse ele, já sem paciência.

- *Tudo bem* - respondeu ela, - *olha para minhas pernas e para meu quadril, mas não solta minha mão.*

Ela continuou dançando, então de forma menos insinuante, mais lenta e um tanto menos expressiva.

Natã observou, mais pela beleza do corpo do que pelos movimentos:

- *Dá pra me acompanhar, não dá?* - disse ela, - *é fácil. Vê.*

Parecia fácil sim. Natã observava mais tecnicamente:

- *Assim querido. Faça, é fácil* - insistiu ela.

Ele tomou coragem. Começou a seguir os passos. Primeiro as pernas, depois as coxas, por fim os quadris. O corpo dele começava a se soltar enquanto a dançarina ia incentivando o rapaz:

- *Assim. Tá vendo? Eu disse que é fácil.*

Da porta de seu barraco e fumando seu cigarro de palha, o velho barbeiro sorria. Aquela foi a primeira de muitas noites nas quais o jovem teria de sambar com aquela mulher, que tomava-o pela mão como a uma criancinha.

Mas, ainda assim, Natã tinha a estranha sensação de que estava sendo observado, de dentro da casa de alvenaria...

...

O sol da manhã passava pelas árvores do alto do morro, que isolavam tanto o mestre quanto o aluno da visão da cidade lá embaixo e dos demais barracos da favela. A indumentária de ambos correspondia às necessidades de movimento da capoeira. O mais velho de camiseta e calça larga, brancas. O mais novo, de calça preta dobrada até as canelas e camiseta cáqui: a mesma roupa que estava usando no dia em que fora derrotado por Lakhama.

– *Filho, lembra da moringa pendurada que viu próxima ao meu barraco?* – perguntou o mestre.

– *Sim* – respondeu Natã – *o que tem ela Jo...*

O mestre foi brusco ao interrompê-lo, impedindo-o de mencionar seu nome:

– *Me chame de Macaco Raspado.*

Natã franziu a testa.

– *Mas que raio de nome é esse?*

– *Às vezes, o deboche que se sofre pode tornar-se um troféu. Primeiro usaram esta alcunha para humilhar. Depois, ao ouvi-la, se apavoraram de medo. Ainda vai entender isso. Por hora, obedeça o que digo.*

– *Ok Mestre* – concordou Natã – *o que tem a moringa?*

Macaco Raspado ergueu o dedo em tom didático, e com voz serena, entre os pássaros e cigarras do mato, começou a explicar:

– *A moringa não pode ser alcançada trepando nos muros, nem nada parecido.*

Natã concordou:

- *Percebi. E não vejo forma alguma de alcançá-la.*

O velho barbeiro olhou bem nos olhos de seu aprendiz e deu um passo em direção a ele:

- *Tanto quanto não via condições em dançar com a mulata?* - questionou.

Natã não teve o que dizer.

Macaco Raspado assumiu lentamente a posição de ginga. Tomou então seu aprendiz pela mão, não como a dama a seu parceiro, mas como um pai ensinando seu filho a dar os primeiros passos. Primeiramente, o aprendiz estranhou, mas o olhar firme e ao mesmo tempo terno do mestre o amoleceu imediatamente.

O corpo de Natã, antes duro e desajeitado, estava mais elegante e flexível, devido às noites dançando com aquela mulher. Acompanhou os passos morosos de seu mestre no ritmo de uma serena valsa que o introduzia aos movimentos da capoeira. *Abertura*, *Banda de pé*, *Banda de costas*, *Benção*, *Boca de calça*. Como o ar puro pelos pulmões, o corpo de Natã absorvia os movimentos de seu mestre, realizados de forma tão lenta e minuciosa que parecia que o tempo fora paralisado pela sabedoria do ancião.

*Gancho*, *Rasteira de Mão*, *Tesoura*, *Tombo de Ladeira*, *Vingativa*. Era como se o tutor fosse capaz de fazer o universo parar, tirando qualquer interferência sobre o aprendizado do pupilo para que, assim como o café se mistura ao leite, Natã se impregnasse dos passos da capoeiragem.

*Armada, Arpão, Chibata, Cotovelada, Escala de Mão.* Gracioso e veloz, o corpo de Natã começava, dias depois, a se tornar letal. *Galopante, Martelo, Meia-lua, Queixada, Corta-grama.* Semanas após, os movimentos paternais, lentos e inofensivos, foram dando lugar a uma dança tão celerada e feroz quanto deslumbrante em seus passos. Não era mais um pai ensinando um filho a andar, mas dois homens correndo juntos pela misteriosa estrada da capoeira.

O dia a dia da favela foi se tornando a rotina para Natã. Ele comia o que lá se comia, bebia o que lá se bebia, escutava a música que se tocava. Ajudava as senhoras a carregar latas d' água e os homens a concertar seus barracos, para no fim da tarde treinar mais ainda:

- *Foi num ambiente assim que Lakhama nasceu e viveu* - lembrou Macaco Raspado a seu pupilo. Quando menos percebeu, era mediador de pequenos conflitos e peça importante para a resolução de problemas miúdos, mas pontuais, da vida da comunidade.

Vivia como um *capoeira*. Agia como um *capoeira*. E, sobretudo, pensava como um *capoeira*.

Todavia, aquela sensação de estar sendo observado nunca o abandonara. E, com o tempo, ele podia perceber os belos olhos negros de expressão inocente contemplando-o ao longe, de dentro da bela casa do morro.

. . .

- *Por que estamos aqui e não na mata? Não treinaremos hoje?* - perguntou Natã na borda do largo onde ficava a casa onde estava hospedado.

Macaco Raspado tomou um gole de café em sua tosca caneca:

- *Sim, mas não na mata* - respondeu ele, com a serenidade típica dos grandes mestres - *Quero que você suba o morro o mais rápido possível* - esclareceu.

- *Prova de resistência então?*

- *De agilidade.*

Natã estranhou.

- *Não consigo entender como subir um morro correndo é uma prova de agilidade e não de resistência.*

Macaco Raspado riu.

- *E quem disse que você subirá correndo?* - contrapôs o velho.

Natã ficou ainda mais confuso, por não entender em que estava sendo exigido. E, antes que o jovem perguntasse de novo, lhe foi revelado o que deveria fazer:

- *Lembra-se dos muros marcados na subida do morro?*

- *Sim.*

- *Você subirá saltando. Os muros marcados que viu serão seus degraus.*

Natã olhou para a subida da favela, após ter finalmente entendido o que significavam aqueles muros. E depois arregalou os olhos, calculando a distância entre eles.

Nos primeiros dias, o desajeito e o medo de cair redundaram em quedas cujo resultado eram braços ou pernas raladas e alguns palavrões xingados por Natã. Isto persistiu até completar a primeira semana, quando os saltos já começaram a ter o alcance necessário para subir um e, com sacrifício, dois muros, a despeito da total falta de elegância. Em duas semanas, metade do percurso era cumprido, não sem quedas que causam mais ferimentos desagradáveis, levando Natã a dormir de noite dolorido e cheio de curativos. Apenas na terceira semana é que ele estava próximo de completar o percurso, embora tivesse percebido que o último muro, ao contrário dos outros, não estava perfeitamente distante do antecessor, mas parecia ter o dobro de espaço entre eles. Naquele salto, ele falhou durante toda a terceira semana.

Todavia, a subida de Natã não era mais desajeitada. Os saltos estavam cada vez mais repletos de confiança e de graciosidade, dominando seu corpo, o percurso e o pouso. Na quarta semana, suas subidas pelos muros já eram um espetáculo para a comunidade, que de suas casas e botequins contemplam a agilidade do jovem *capoeira*.

No antepenúltimo dia da quarta semana, algo parecia ter mudado. Todos notavam que a subida de Natã era diferente. Seus olhos e seu corpo demonstravam confiança jamais vista. Da porta de sua casa, sentado num banquinho de madeira, Macaco Raspado contemplou seu pupilo em pé no penúltimo muro, suado, sem camisa e descalço, olhando imponentemente para o último muro, o derradeiro obstáculo.

A jovem que com ele dançou, descendo o morro, também percebeu, e parou para assistir. Até mesmo os belos olhos negros que pareciam vigiá-lo de dentro da bela casa miravam a Natã, esperando seu último salto.

A favela toda parou para olhar.

A comunidade então exultou. E o Macaco Raspado, de seu barraco sorria, orgulhoso e satisfeito.

...

*Dois dias depois*

Natã ajudava um senhor e seu netinho a desatolar uma carroça, devido à chuva do dia anterior. Tanto o avô quanto o neto o elogiavam pelo grande salto dois dias atrás. A carroça desatolou, permitindo a partida, e Natã se despediu das pessoas que acabara de ajudar.

Foi quando ele percebeu a graciosidade.

Sua capacidade de atenção e aprendizado sempre foram notáveis desde criança, e isto lhe garantia que os belos e singelos olhos negros não lhe passassem desapercebidos. Mas, naquele momento, ao invés dos olhos, ele pode contemplar toda a beldade que era dona dos mesmos.

A delicada pele marrom dela realçava o rostinho de boneca, quase que de uma adolescente que acabara de adentrar na feminilidade adulta. O corpo, atraente sem ser agressivo ou exagerado, era coberto por uma roupa de baiana, com tomara-que-caia longo na cor branca repleto de babados, os quais ela sutilmente segurava com uma das mãos para não roçar no chão. Aquela indumentária esbanjava religiosidade: contra-egun no braço, guias no pescoço que se despejavam sobre seu dorso, figas, crucifixos e medalhinhas em seus punhos e cintura. Sobre os cabelos, cacheados no estilo africano, trazia uma lata d' água.

      - *Permita-me ajudá-la* - disse gentilmente Natã, tomando para si a lata d' água.

      - *Agradecida* - respondeu ela com tom de voz cândido que não combinava com a desenvoltura e graciosidade com a qual subia o morro segurando a saia com uma das mãos.

      Não foi a maior das discrepâncias entre a aparência da moça e seu jeitinho menina de falar. Sutil e sagaz, o olhar que lançou sobre o corpo másculo de seu benfeitor, suado e sem camisa, denotou desejo desinibido, incompatível a uma figura tão singela.

      Enquanto subia com ela, Natã observava atentamente a mulher que, por sua vez, o observara naqueles quase três meses em que estava na favela. Ela prosseguia calada, com leve sorriso no rosto, alternando o jeitinho de menina com olhares sutis e insinuantes. O tom inocente da moça era tão naturalmente encantador que ele foi até a porta da bela casa dela sem conseguir encontrar palavras brandas o suficiente para inquirir o porquê de mantê-lo sob observação.

      - *Agradecida* - disse ela.

      - *Espera!* - pediu Natã, enquanto a moça entrava na casa com sua lata d' água. Foi de pronto atendido - *É... hã...* - ele titubeou, coçando a cabeça, buscando palavras.

- *Sim?*

- *Qual seu nome?* - Foi o máximo que Natã pensou em perguntar.

O sorriso dela tornou-se diferente. Mordicou de forma sutil o lábio inferior antes de roçar a língua nos lábios para responder:

- *Luwana[1].*

Ela fechou a porta logo depois de revelar seu nome, enquanto olhava de cima a baixo para Natã.

- *Quem será ela?* - cogitou o aturdido benfeitor, após recuperar-se de segundos de distração. Pôs-se então a caminhar em direção ao barraco de seu mestre.

Deu-se conta de outra coisa.

Natã olhou para a moringa pendurada. Finalmente entendera o que aquilo fazia ali. E, com a confiança do último salto na subida dos muros, preparou-se para pegar impulso.

A moringa explodiu com o chute poderoso do jovem capoeira, jorrando água para todos os lados. E, dentro da casa, novamente Macaco Raspado sorria, orgulhoso e satisfeito de seu aprendiz.

. . .

---

[1] O nome vem de um dialeto antigo, e pronuncia-se "Lu-vâ-na".

- *Porque me trouxe aqui?* - perguntou Natã, cansado por ter voltado ao trabalho após meses de licença. Estava suado e com o terno desalinhado, gravata afrouxada. Desabituado ao dia estressante de trabalho policial, só havia retornado pela consideração da qual Orlando desfrutava, embora tivesse sido encostado no Setor de Arquivo.

Ele e o mestre estavam em um prédio de estilo colonial do centro da cidade. Lugar abandonado e com paredes descascando, tinha dois andares empoeirados cuja única iluminação era os raios dourados do crepúsculo que entravam pelas janelas.

Aquele era o mesmo local onde Natã lutara com Lakhama.

- *Lhe trouxe até aqui para aprender capoeira* - explicou o Macaco Raspado.

Natã não gostou do que ouviu.

- *Mas o senhor já me ensinou capoeira* - retrucou ele.

- *Gosta de sua gravata?* - perguntou o velho.

- *Como?*

Macaco Raspado se aproximou na distância de um braço do seu pupilo. Em um movimento mais rápido como uma piscada de olhos, o velho capoeira movimentou seu braço direito horizontalmente. Antes que Natã perguntasse o que estava acontecendo, percebeu que sua gravata fora cortada ao meio, estando metade dela na mão do velho mestre.

- *Como você fez isso?* - perguntou o aprendiz, olhando confuso para o terno branco do Macaco Raspado e procurando a lâmina que teria lhe cortado a gravata.

O mestre então tirou um lenço de seda prateado de seu bolso, e o pendurou sobre a parede.

- *Este é o estilo das navalhas ocultas* - explicou.

- *É um dos estilos de capoeira!* - disse o rapaz, lembrando-se do que aprendera com Cibele e Orlando.

Macaco Raspado nada respondeu. Passava os dedos pelo lenço, com um olhar perdido no tempo.

- *O que significa este lenço?* - perguntou Natã.

- *Antigamente, as maltas de capoeira usavam lenços ou fitas com cores que identificavam nossos estilos de luta e nossas fraternidades.*

- *Esta era a nossa cor!* - concluiu Natã.

Quando ouviu o comentário, Macaco Raspado se virou para o jovem com olhar firme. Se aproximou, olhando gravemente nos olhos do aprendiz:

- *Agora escute garoto. Sangue demais já foi derramado por este estilo de luta.* Natã sentiu a gravidade do tom do mestre, denunciando-se com respiração tênue e olhos coagidos: - *Revelarei este conhecimento a você. Mas para recebê-lo, deverá estar pronto para a fase árdua de seu treinamento.*

Os raios dourados do por do sol iluminavam a ambos. Natã então balançou a cabeça positivamente.

*- Sei que você trabalha até as 17:00. Quando sair do serviço, venha direto para cá que estarei te esperando. Agora vá para casa* - ordenou o homem, sentando-se numa mesinha limpa com garrafa de café e um jarro de água, do qual ele matou a sede.

Natã dirigiu-se às escadas para retirar-se. Mas, já com um dos pés no degrau, voltou-se para seu professor:

*- Porque está me dando a honra de aprender sua técnica?* - perguntou.

O ancião olhava para janela, sereno e pensativo:

*- Lembra-se naquele dia da barbearia em que você disse que seu caso era diferente?*

*- Sim.*

*- Agora eu acredito que seja mesmo.*

Natã desejou sorrir, mas não o fez. Foi então para sua casa.

E, sozinho no prédio abandonado, Macaco Raspado repetia para si mesmo as palavras que ouviu de sua irmã na barbearia:

*Não é para derramar sangue. Não é para gerar violência. Não é para gerar dor. É por algo muito maior e mais importante que estas coisas.*

...

*Dia seguinte*

Sem camisa e descalço, Natã relaxou, aqueceu e alongou seu corpo, esperando pela chegada do mestre que iniciaria a nova fase de seu treinamento. O Macaco Raspado não demorou a chegar, trazendo uma caixa de madeira que colocou em cima da mesinha onde havia água e café.

– *Sente-se disposto?* – perguntou o mestre, enquanto abria a caixinha.

– *Sim* – respondeu Natã.

– *Ótimo então. Seu treinamento é pegar o lenço vermelho no bolso na parte da frente meu paletó.*

– *Apenas isto?*

– *É. "Apenas" isto.*

Natã se aproximou e tentou pegar o lenço. Sentiu imediatamente um pequeno corte nas costas da mão, após movimento fulminante de seu mestre, que não parecia ter nada na mão.

– *Apenas isto* – repetiu o velho, com um sorriso no rosto, após o aprendiz exclamar devido ao corte.

Cauteloso, Natã tentou dar o bote no lenço, mas, desajeitado, tentava sair do ângulo de ataque do mestre.

– *Mais rápido garoto, não temos a vida toda* – ordenava o professor.

Natã foi se irritando com a ineficácia das investidas e os eventuais cortes que sofria, inofensivos, porém desconcertantes. Conforme o sangue ia esquentando, ele começou a apelar para golpes de capoeira cada vez mais poderosos, que o mestre defendeu facilmente.

Até que o velho perdeu a paciência, levando-o, com uma banda, a um tombo espetacular e humilhante.

– *Contenha-se, garoto* – disse ele, segurando uma navalha surgida sabe lá de onde de forma ameaçadora contra o pescoço de seu aluno.

Natã se levantou, sendo tomado pela mão pelo Macaco Raspado, que continuou o ensinamento:

– *É velocidade. É concentração. Não força, nem ira! Agora vá para casa. É o suficiente por hoje.*

Os dias seguintes repetiam intensivamente o treinamento. Ao por do sol, Natã precisava pegar o lenço e ainda se preocupar com os cortes de seu mestre. – *Gingue, movimente-se* – aconselhava o velho – *leveza, use seu corpo, domine cada detalhe.* Aos poucos, Natã tornava-se cada vez mais rápido e estético em suas movimentações, enquanto os cortes diminuíam. Se não conseguia pegar o lenço, ao menos dava uma série de rápidos botes sem sentir a navalha de seu mestre.

Isto prosseguiu exaustivamente até o quinto dia. Naquele momento, e pela primeira vez, Natã chegou muito longe. Conseguiu tocar o lenço do Macaco Raspado e retirar a mão antes de sofrer o contra-ataque da lâmina.

- *Pare!* - ordenou o mestre.

Suado e exausto, Natã tomou fôlego para perguntar:

- *Por quê?* - respiração pesada - *Cometi algum erro?*

Macaco Raspado sorriu.

- *Não, pelo contrário. Você conseguiu.*

Natã não compreendeu.

- *Mas eu não lhe tomei o lenço.*

- *Não* - concordou o velho - *mas se fosse uma Navalha, eu estaria cortado e sequer alcançaria sua mão.*

Natã abriu um sorriso entre sua respiração pesada.

- *Descanse. Amanhã você terá um grande teste* - encerrou o Macaco Raspado.

. . .

Natã chegou ao prédio abandonado e já foi tirando o terno e a camisa:

- *Sente-se disposto?* - perguntou o mestre, enquanto manuseava algo dentro da caixinha de madeira na mesinha onde ficava a água.

- *O trabalho do burocrático é um tanto estressante, mas nada que...*

Natã não conseguiu terminar a frase. Como um raio, Macaco Raspado lançou uma navalha em direção a seu pupilo, que ficou encravada em seu peito, próxima ao ombro direito.

- *ISSO SE ARREMESSA?* - gritou, espantado, o aprendiz, após urrar de dor e horror pelo esguicho de sangue. Percebeu também, e quase que imediatamente, seu sangue acelerar e o estomago embrulhar de enjoo - *O QUE TINHA NESTA NAVALHA?*- perguntou, quase que grunhindo, com o rosto vermelho sangue e os olhos lacrimejando.

- *Veneno raro, que somente uma velha amiga minha sabe fazer* - disse o Macaco Raspado.

- *POR QUE FEZ ISSO?*

- *É simples, menino. O antídoto está pendurado no meu pulso por este barbante. Basta fazer sua mão ser mais veloz que a minha.*

Natã se enfureceu, e logo a fúria tornou-se desespero. "esse velho ficou maluco" perguntou-se. E não pensou duas vezes em atacar ferozmente ao Macaco Raspado, usando desajeitadamente a lâmina em sua mão.

- *Domine seu ódio garoto. O sentimento dá força aos seus ataques, mas nubla a precisão* - ensinava o mestre enquanto esquivava facilmente dos golpes de Natã, afastado por um chute no ventre que o lançou do outro lado do salão.

O efeito do veneno agravava. Tornava-se uma ânsia de vômito que nunca se confirmava para expelir a droga. Irado, Natã se ergueu, e como um leão partiu para cima de seu mestre, ignorando toda e qualquer reverência. Atacou a esmo com força e violência através de golpes poderosos que poderiam quebrar móveis, mas que eram lentos e previsíveis ao ancião.

- *Basta!* - ordenou o mestre

Natã ignorou. Prosseguiu atacando violentamente. Em meses, jamais desobedecera a uma ordem de seu mestre. Mas, naquele instante, parecia fora de si, descontrolado, deselegante, cheio de ira e ódio.

- *EU DISSE BASTA!!* - disse em alto tom de voz o Macaco Raspado, bloqueando um último golpe de seu aprendiz e lançando-o ao chão com uma rasteira.

Natã grunhiu.

- *Não foi assim que te ensinei!* - disse o velho, enquanto Natã se levantou para atacar de novo.

Novamente, o ataque do rapaz foi infrutífero. Macaco Raspado estava irado e decepcionado. - *CAPOEIRA NÃO É ÓDIO!* - disse ele, atingindo o peito do rapaz com chute espetacular que o lançou ao chão - *CAPOEIRA NÃO É VINGANÇA!* - vociferou, com outro golpe que fez Natã desabar de novo, logo após erguer-se. - *Capoeira é o domínio de seu próprio corpo.* - concluiu o mestre para seu pupilo ao chão.

Um silêncio sepulcral tomou o prédio, e os derradeiros raios do sol que mal alcançavam as janelas iluminavam aqueles homens.

– *Esperava tanto de você...* – murmurou o ancião, que então entregou a Natã o antídoto e, depois, desceu as escadas, sem nada mais dizer.

...

A subida do morro nunca fora tão dolorosa e cansativa. Restava a Natã pegar suas coisas no barraco onde estava hospedado.

Estava tudo apagado, sem sinal das luzes de lamparina que dantes o alumiavam. Ele pensou em abrir a porta assim mesmo, já que ela não fica trancada. Mas algo o impediu. Era sensação de estar sendo observado novamente. Aqueles singelos e inocentes olhos negros.

Natã se virou para o lado. No boteco onde havia dançado com a mulher, estava Luwana, acompanhada apenas da garrafa de cerveja e de um copo. Ela abriu aquele mesmo sorriso insinuante. Não parava de olhar para Natã, que também lhe retribuiu o olhar.

– *Senta comigo?* – sussurrou ela com seus lábios, de forma que mesmo à distância foi inteligível.

O rapaz aceitou, resignado.

– *Dia difícil?* – perguntou Luwana, enquanto ele se sentava.

– *Você nem imagina* – respondeu Natã.

Ela repousou calmamente o copo sobre a mesa, alisando-o as bordas com seus suaves dedos:

*- Ficaria surpreso com o as coisas que eu imagino...*

Natã engasgou com a cerveja:

*- Provavelmente. Cada segundo do seu lado revela novas surpresas.*

*- Mas é mesmo sobre mim que quer falar? -* perguntou Luwana, de pernas cruzadas e com seu corpo mais voltado para Natã.

Ele tomou mais um gole de cerveja, e então desabafou falando de suas frustrações, medos, erros, equívocos, humilhações. Não deu detalhes nem nomes, mas lançou na mesa do bar todo o peso que carregava consigo e, sobretudo, o desgosto daquele dia que estava para terminar.

*- Ser treinado pelo Macaco Raspado não é fácil -* concluiu ela, ligando todos os pontos...

*- Sabe como é este tipo de coisa? -* replicou Natã.

Luwana riu:

*- Querido, tem muitas coisas que você não sabe sobre o Macaco Raspado -* revelava a mulher *- sobre o barraco onde vocês ficaram hospedados, sobre este larguinho, e até mesmo sobre a mulata que sambou com você no primeiro dia.*

Natã voltou-se para sua acompanhante, intrigado. Ela disse mais:

*- Além disso, já tive minhas experiências com* capoeiras, *mestres e aprendizes -* revelou a

moça, chegando sua delicada boca ao ouvido do rapaz
- *e não, não foi aprendendo a arte, antes que
pergunte.*

Naquele ponto, a mão de Luwana já acariciava
delicadamente a nuca de Natã, e um dos pés dela
roçou deliberadamente na perna do rapaz. Ele se
voltou para a moça buscando sua boca, mas ela recuou
lentamente a cabeça para trás, com sorriso cafajeste
no rosto.

- *Lá em casa querido. Tudo bem pra você?* -
disse ela diante da cara de bobo de seu
acompanhante.

Luwana então se levantou, elegantemente,
segurando seu vestido com uma das mãos.

. . .

A casa era típica de uma moradia de classe
média, e estava deslocada no ambiente da favela. Era
tudo muito escuro e, tão logo Natã entrara, Luwana
deu o bote, lançando-o ao sofá e erguendo seu
suntuoso vestido para sentar-se sobre seu colo.

Disparou-lhe então beijos e mordidas
ardentes.

Ele, por seu turno, entregou-se à libido e
também à cerveja que tomara. Passeou com as mãos o
quanto pode pelo corpo esbelto e delicado da mulher,
enquanto ela levantou-lhe a camisa e ia vorazmente
beijando-lhe o peito.

Até que a cena esfriou de forma súbita, tal
qual começou.

- *Arf, sério mesmo?* - resmungou ela, num sussurro.

- *O que foi?*

Luwana levantou-se do colo de Natã, claramente contrariada. Pegou uma garrafa de cachaça no armário do cômodo onde estavam, e caminhou em direção a outro cômodo da casa.

Natã foi atrás dela, sedento por explicações, surpreendendo-se ao passar pela porta. Apesar das luzes estarem apagadas, seus sentidos aguçados e os raios da lua cheia que entravam pela janela revelaram um chão tão branco e perfeitamente encerado que faria inveja a muitas casas da Zona Sul. Na superfície do piso havia um *ponto riscado*, símbolo de uma das muitas divindades adoradas nos cultos afros, cujo significado Natã desconhecia. Diante dele, um altar com imagens de mulheres e de ciganas, com várias oferendas a elas nas formas de cigarros e bebidas.

- *O que foi?* - perguntou ele novamente à moça, que ria em troca num tom sarcástico, enquanto abria a garrafa de cachaça e entornava uma generosa dose pela boca.

- *Minha guia me disse que você tem uma paixão.* - murmurou Luwana. - *Paixão não, um amor verdadeiro. E que você não terminaria o que começou.*

Natã ficou indignado.

- *Espera, isso é ridí...*

Ele não terminou a frase. Luwana bufou e bebeu outra generosa dose, o que era mais uma surpresa a Natã: como aquela menina bebia *tanto* e permanecia sóbria?

  – *Este não é o tipo da coisa que eu começo e não termino, meu lindo.* – disse ela.

Foi então que Natã se deu conta que seus sentimentos por Isabel haviam sido revelados por uma estranha:

  – *Espera, como você sabe que...*

De movo, não terminou a frase.

  – *HIIIII HA HA HA HA HA HA HA HA!!!!!.*

Luwana disparou uma risada altíssima e nada discreta, que se chocava violentamente com sua aparência cândida.

  – *EU SEI DE TUDO O QUE CORRE NA RUA, MOÇO!!* – disse ela, após entornar de vez toda a garrafa de cachaça. Seus olhos não eram mais aqueles olhos singelos e inocentes, mas maliciosos e um tanto assustadores.

Natã balançava a cabeça negativamente, boquiaberto, enquanto ela pegava mais cachaça, então, do altar:

  – *SEI DA TUA QUIZILA COM O* CAPOEIRA *QUE QUEBROU 'TUAS PERNA' , MOÇO! SEI DO QUE FIZERAM COM O "MEGANHA" QUE TE CRIOU, MOÇO! SEI QUE ATÉ TU É "MEGANHA" , MOÇO!*

Natã assistia a cena, apavorado diante de Luwana que, de olhos fechados, começou a emitir espasmos corporais que resultaram em sinais de tonteira:

- *Hei!* - disse o rapaz, tomando-a nos braços e impedindo-a de cair ao chão - *Está tudo bem?*

Os olhos dela voltaram a ser como antes. Cândidos, inocentes.

- *O que está acontecendo? Você está bem?* - perguntou, novamente, Natã.

Inesperadamente, Luwana sorriu e colocou a palma da mão na testa, após coçar os olhos, como se estivesse acordando.

- *Sente-se!* - disse ela, apontando para a cadeira num canto da sala. - *Vou tentar te explicar.*

Para Natã, só restava obedecer. Luwana assumiu um tom didático e condescendente.

- *Vou te contar um segredo. Uma lição que não se ensina em sua Escola de Polícia, preocupada com a tão idolatrada "ciência" que se julga capaz de ensinar a pegar bandidos.*

Natã se surpreendeu com a sabedoria da anfitriã, ainda que não tivesse usado o termo tecnicamente correto: *criminologia.*

- *No plano astral, o qual não podemos ver, apenas sentir, há uma classe de espíritos que vagam pelas encruzilhadas, pelos cemitérios, pelas estradas, pela noite e pelas sombras. Eles guardam os caminhos e as vias, pelas quais vagueiam tanto você e seus amigos "meganha" quanto os gatunos, patifes, prostitutas, capoeiras e boêmios que perseguem. Muitos de vocês inclusive servem a todos eles, ou a alguns deles.*

Natã ouvia, fitando atentamente a mulher, que continuou:

*- E o que vocês fazem? Os seus cabeças insistem em dizer que isto não passa de superstição. E os cabeças dos seus cabeças, aqueles que em seus termos garbosos escrevem as leis, insistiram em dizer que o louvor a esta 'superstição' é um crime. Mas ignoram, com a maior das empáfias e tolices, que os bandidos a que perseguem, tanto quanto muitos policiais que os caçam, e tantos mais homens honestos, servem a estes espíritos e a eles consagram suas cabeças.*

Ela se voltou para a janela, deixando a lua cheia iluminar seu rosto:

*- É curioso - prosseguiu Luwana - que sua pretensa "ciência de pegar bandido" ignora todo o universo que tanto o malfeitor como o honesto vivenciam. Um universo que define as ruas que vocês mesmo patrulham, as madrugadas pelas quais vocês mesmo vagueiam.*

Ele tentou retrucar. Ela prosseguiu:

*- E aqui está você. Todo seu treinamento como policial não foi capaz de te preparar para enfrentar o capoeira. Todo seu estudo foi inútil para compreender a noite e o mundo pelo qual transita.*

Natã silenciou por alguns instantes.

— *Como sabe disso tudo?* — perguntou ele, após recuperar-se.

Luwana dirigiu seu olhar para Natã:

— *Eu tenho vinte dois anos de "santo"* — revelou a mulher, com a luz do luar iluminando metade de seu lindo rosto e deixando a outra parte em total escuridão.

— *Vinte e dois anos? E eu achando que esta era sua idade! Quantos anos você tem?*

O olhar de Luwana foi sutilmente reprovador:

— *Não é sobre mim que estamos falando, querido!* — repreendeu ela, de forma dengosa. — *E, como já disse, tive minhas experiências com* capoeiras *e gente de todo o tipo.*

Ela então olhou novamente pela janela, como se buscasse uma lembrança desagradável:

— *Até ter ser obrigada a me refugiar aqui.* — revelou, em tom de lamento.

Natã percebeu a gafe que cometera, mas não conteve a curiosidade:

— *Então, você foi uma garota muito má?*

Luwana sorriu. Virou-se para Natã e foi até ele segurando o vestido com uma das mãos para andar sem que roçasse no chão, como era de seu costume. Próxima ao rapaz, colocou de forma insinuante um dos pés sobre o braço da cadeira onde ele estava sentado, revelando toda a sua delicada perna e o salto vermelho que calçava:

– *Não me apego muito a esta coisa de "bem" e "mal" por ser cristã demais para meu gosto.* – explicou a ela, aproximando seu rosto do de Natã – *Prefiro dizer que eu andei desapontando as pessoas erradas* – concluiu, com aquele sorriso provocante.

Ela recolheu a perna e foi em direção à porta da casa, a abriu e contemplou a paisagem, como se pudesse ver um ponto específico entre as luzes urbanas sob o morro:

– *Desça para as ruas da cidade, e vá até o Bar do Maurício* – orientou a sacerdotisa, após abrir a porta – *lá encontrará um homem que poderá ajudá-lo quanto ao seu problema no treinamento.*

Natã estava farto de não entender. Mas fez sua última pergunta:

– *Como sabe que o tal homem estará lá?*

Luwana abriu outro sorriso:

– *Ele sempre está* – respondeu.

...

*Um mês depois*

A lingerie de renda branca sobressaia no corpo magérrimo de Cibele, mesmo com a vermelhidão da lâmpada que alumiava o quarto do pardieiro.

– *Espere!* – ordenou ela, ao ouvir batidas na porta, enquanto colocava a meia calça da mesma cor da lingerie.

Ainda assim, a porta se abriu. Flexionando sua cintura, ex-contorcionista de circo que era, rapidamente pegou a faca na cabeceira ao lado da cama e, retornando à posição inicial, arremessou-a.

- *Há quanto tempo!* - exclamou Cibele, abrindo então um sorriso ao ver que era Natã.

Ele mirou um olhar reprovador àquela mulher, retirando então a faca cravada na porta, bem ao lado de seu rosto. Sentou-se em seguida na cama. Cibele prosseguiu, acendendo um cigarro:

- *Como entrou aqui? Só deixam entrar quando dou o sinal...*

- *Dois meses. E sou 'meganha' ... entro num lugar destes a hora que quero* - respondeu Natã, respectivamente, as duas perguntas da mulher

- *Há sim* - concordou Cibele, igualando o tom sarcástico, enquanto recostava o corpo seminu junto à janela, tragando o cigarro - *E soube que te encostaram atrás de uma mesa lá na polícia.*

- *De fato. Esta foi uma das coisas que ocorreram nestes meses.*

- *E, não aguentando de saudades, veio correndo me ver?*

- *Também* - Natã riu - *mas, principalmente, porque preciso de sua ajuda.*

- *Por que não estou surpresa?* - ela deu outra tragada no cigarro - *O que você quer que eu descubra para você?*

Natã se levantou.

- *É sobre algo que ainda não aconteceu. Um boato que se espalhará.*

O sorriso irônico de Cibele deu lugar a duvida, enquanto expelia a fumaça do cigarro. Natã então arrematou:

- *Me encontre neste atelier do centro da cidade* - disse ele, deixando sobre a cama um cartão com o endereço - *lá te explico.*

. . .

*Um mês antes*

Natã caminhava entre boêmios e decaídas pelas calçadas da noite carioca, cabisbaixc, iluminado pelas luzes de neon.

Lá estava o Bar do Maurício, exatamente como Luwana havia lhe instruído no morro. Não conhecia ninguém e nem sabia qual pessoa procurava. Desesperançoso, soltou a mochila velha que trazia nas costas sobre a mesa, sentou-se e pediu uma cerveja:

- *Pelo menos poderei me embriagar* - consolou-se.

- *Se fosse você, não mexeria com ele.*

A voz desconhecida ecoou de um canto escuro do bar. Natã então percebeu um homem pardo de atitude esquisita, já bêbado. Ele estava a encará-lo, mas depois da voz de aviso, saiu dançando de forma cambaleante entre as cadeiras e mesas.

Natã se voltou então para o local de onde veio a voz. Ele tinha cabelos grisalhos e uma cabeça grande. Os dedos eram sujos de graxa. Baixinho, tirara as sandálias, e estava sentado em posição de lótus sobre a cadeira. Fumando seu cigarro, o misterioso homem aparentava trejeitos afáveis peculiares.

- *Conhece ele?* - perguntou Natã ao misterioso homem do canto do bar, acerca do bêbado que iria abordá-lo.

- *Não* - respondeu o estranho, após tragar o cigarro.

- *Então porque disse aquilo?*

- *Porque aquela pobre alma ia se dar muito mal mexendo com você.*

- *Então me conhece?*

- *Não, também não lhe conheço.*

Natã já estava farto daqueles jogos e meias verdades. Por outro lado, Macaco Raspado e Luwana já tinham lhe demonstrado que a verdade nem sempre é direta, exata e quantificada, como se vê nos inquéritos policiais.

- *Posso me sentar com o senhor?* - pediu Natã.

- *Ora, por favor !* - respondeu ele, de forma gentil, enquanto puxava uma cadeira.

*- Gostaria de saber como você chegou à* conclusão *de que o valentão ali se daria mal ao* meter-se comigo.

O homem tragou novamente seu cigarro:

*- Você é muito mais do que aparenta ser.*

*- E o que eu sou?*

O homem também se aproximou, com um semblante de que iria contar algo de grande importância:

*- Houve um poderoso rei* - iniciou ele, após tomar saborosamente da cerveja *- vaidoso, poderoso e que odiava a mentira e a injustiça. Sua autoridade e fervor ergueram um poderoso império, onde não existia o roubo nem a exploração do fraco pelo forte. Mesmo reinos vizinhos foram devastados por ele como um incêndio purificador, quando contaminados pela ação de malfeitores. Jamais houve rei como ele naquela Era, e seu império era vasto e justo.*

O homem do bar fez uma pausa dramática, olhando nos olhos seu interlocutor:

*- Até que o vaidoso monarca cometeu um grave* erro.

*- Que erro foi este?* - perguntou Natã, após o silêncio do homem.

*- Ele mandou castigar um inocente*

Natã ficou indignado:

*- Inaceitável!*

- *Será?*

- *Sem dúvida!*

- *Tem certeza?* - perguntou ele, recebendo um silêncio indignado de Natã: - *Pois vou lhe contar o que aconteceu depois.*

Natã escutava.

- *Ele foi tomado pelo remorso e pela culpa. Uma dor lhe consumia. O ardor, a chama que o impulsionava contra os malfeitores agora lhe destruía por dentro.*

- *Nada mais merecido.*

O homem sorriu diante da ingenuidade do rapaz.

- *Talvez* - disse ele - *mas, tomado pelo remorso e pelo desequilíbrio, ele incendiou a cidade que era a capital de seu reino. Após tocar fogo em si mesmo, todos no reino arderam devido a ira cega e desmedida do rei.*

Natã ficou estreitou os olhos.

- *Devido a seu descontrole, ele fez sofrer todos os seus súditos* - disse o rapaz, desolado.

- *Pior* - retrucou o homem - *Devido seu descontrole, ele fez sofrer todos os que dependiam de sua justiça.*

Outro instante de silêncio, até o homem continuar:

*- Você é o fogo. É vaidoso. Tem ódio da mentira, da fraude, da covardia* - Ele bebeu mais um gole de cerveja - *Arde como uma chama que incomoda ao seu coração com aquilo que julga estar errado, fora de lugar.*

Natã tentava se encontrar:

*- É isso que vê em mim?* - perguntou.

*- Não existe isso de ver você!* - respondeu o homem, encolhendo os ombros como se quisesse passar uma verdade óbvia ao rapaz - *Contemple os lírios do campo, não foi isso que disse o Grande Rabi?* - ele inclinou-se sobre a mesa, parecendo emocionado - *Olhe o seu coração. É isso que vê em você?*

Natã não entendia era nada. Olhou para o vazio fazendo uma busca dentro de si.

O homem lacrimejou.

*- E é por isso que você não conseguiu ainda!* - disse ele - *A justiça é fogo, é ardor contra o erro. Mas você não pode ser só isto para chegar onde quer.*

Quando ouviu aquelas palavras, Natã voltou a si, e fitou o homem que falava consigo.

*- O fogo queima, alastra, é incontrolável, indomável, poderoso. Mas a justiça não pode vir daí. "Minha é a Vingança e a Recompensa" , diz o Todo-Poderoso. A justiça não pode só vir do fogo, da ira. Não a justiça que protege, que cuida, que vai além da punição e da dor!* - ele parecia conter o choro - *"Eu, o Senhor, sou tardio em irar-me!" , é isso que diz o Livro da Lei!* - ele enxugou as próprias

lágrimas – *Primeiro nosso Senhor veio para cuidar dos homens, frágeis, ignorantes...*

Natã interrompeu seu interlocutor:

– *Somente no Juízo Final ele irá castigar os maus* – disse.

O homem sorriu, e corrigiu:

– *Somente no momento certo ele irá castigar os maus.*

O jovem policial buscava palavras, mas não as encontrou.

– *Vai* – ordenou o homem, percebendo que o rapaz nada tinha a dizer, mesmo que demonstrasse desejo expressar algo – *termine o que começou.*

Natã deixou o dinheiro de sua cerveja na mesa e levantou-se, ajeitando a mochila nas costas:

– *Você é padre, profeta, pai de santo algo assim?* – perguntou.

– *Sou um sacerdote, se é isto que quer saber* – revelou ele, após bebericar novamente a cerveja e terminar a frase movendo seu ombro de forma Blasé.

Natã sorriu, tomando o caminho de volta.

... 

*Dia seguinte, pela manhã.*

No rádio tocava o samba: *se você jurar, que me tem amor/eu posso me regenerar...*

Dentro do antigo prédio, Macaco Raspado tomava seu café, enquanto lia as notícias do futebol e o resultado da corrida de cavalo no jornal. Ouviu os passos subindo as escadas, mas prosseguia a leitura mesmo assim.

- *Podemos tentar de novo?* - perguntou Natã.

- *Sim* - concordou o velho barbeiro, levantando-se lentamente e colocando o jornal sobre a mesa onde estava o café - *Podemos sim.*

O rapaz esperou serenamente pelo ataque. Mas seu mestre o surpreendeu, lançando a dose do veneno, para que ele mesmo injetasse.

Natã o fez.

Macaco Raspado já estava com o antídoto em seu punho.

O jovem policial, transtornado pelos efeitos terríveis da droga, avançou então ferozmente contra Macaco Raspado, com o mesmo ímpeto condenado da última vez. Mas então, invés de golpes desordenados e desesperados, ele desferia uma sequência lógica, elegante e poderosa de golpes, todos eles defendidos pelo mestre.

Macaco Raspado então reagiu aparando o último golpe com mão, dando um chute na barriga do jovem que, como da outra vez, lançou-o ao chão.

De pé, com olhar reprovativo, o mestre observava para seu aprendiz, que retribuiu o mesmo semblante seguro - embora claramente afetado pelo veneno - que exibia quando chegou.

O velho barbeiro, finalmente, se deu conta.

Calmamente, Natã abriu a palma da mão. Lá estava o antídoto, tirado do mestre no momento em que ele aparou o último golpe, sem que percebesse.

Macaco Raspado sorriu. O velho estendeu a mão ao jovem, para que se levantasse:

- *Isso é a Navalha Oculta* - disse - *De nada adianta você ter uma navalha no bolso, na calça, no sapato ou à mão, se não for rápido o suficiente para sacá-la e golpear o inimigo sem que ele reaja.*

Natã devotava toda a sua atenção.

- *É isso que faz a diferença entre o seu estilo e um reles bandido de esquina ou botequim com uma faca. Você entende?*

Natã fez um sinal afirmativo com a cabeça.

- *Ótimo* - disse o Macaco Raspado - *vamos ao trabalho.*

...

*Um mês depois*

Nos apartamentos, casas noturnas e botequins pelo centro da cidade, as pessoas escutavam angustiadas o rádio, que reportava a notícia do homem gigantesco mantendo reféns no orfanato.

Enquanto isso, Cibele cruzava habilmente os becos do Centro da Cidade até subir num prédio. Saltou do teto a fim de amparar-se na sacada duma janela, a qual conseguiu sem problemas abrir. Adentrou então ao sofisticado atelier que ficava no sétimo andar.

O local era muito escuro, mas ainda assim era possível perceber os ternos e vestidos finos nos manequins, cobertos por suaves panos brancos.

- *Você está atrasada* - disse Natã, surgindo das sombras do atelier, onde estava imperceptível.

- *Uma prerrogativa feminina* - respondeu Cibele - *assim como a curiosidade.*

Natã sorriu, dirigindo-se até um dos manequins do atelier.

Cibele franziu a sobrancelha, diante do silêncio de Natã, enquanto ele tomava a camisa branca e um terno negro do manequim, deixando lá apenas a gravata.

- *Você disse que algo iria acontecer. E que precisava que eu observasse* - perguntou ela.

- *Exatamente.*

- *E o que é?* - perguntou Cibele, impaciente.

- *Eu vou atrás deles* - respondeu Natã, vestindo a roupa.

- *Deles quem?*

- *Lakhama. Zé-Caolho. Neto. Todos eles.*

- *Você enlouqueceu?*

- *Não. Sei exatamente o que estou fazendo.*

- *Mas...mas eles virão atrás você também!* - alertava Cibele - *bicheiros,* capoeiras, *policiais corruptos, pistoleiros, assaltantes, cafetões... ameaçarão as pessoas que você ama...pode ter aprendido alguns truques de capoeiragem, e não finja que não! Mas não poderá confiar para sempre em sua arte e furtividade.*

- *Não se não for eu quem estiver lá* - respondeu Natã, abotoando a camisa branca por dentro do terno negro.

- *Como assim?*

- *Na Escola de Polícia aprendemos que o detetive deve mimetizar o submundo. Ele nunca deve se revelar, misturar ou mostrar quem realmente é. Ele espelha o mundo com o qual lida sem absorvê-lo* - respondia Natã, ocultando sob as roupas o colete, as lâminas e os mini-explosivos de gás.

Ela fez uma careta de remedo.

- *Profundo. Mas aonde quer chegar?*

*No século XIX houve um capoeirista português, que usava uma longa capa e escondia seus truques debaixo dela* - revelou Natã tirando de seu bolso uma máscara negra e um lenço cinza-prateado - *era chamado de Rosanegra.*

- *Então você vai sair pelas ruas disfarçado como um capoeira do século passado? O que é isto? Uma "identidade secreta"?* - perguntou Cibele.

– *Uma cobertura* – corrigiu Natã, após colocar a touca cujos olhos eram assustadores olhos brancos.

Boquiaberta, Cibele viu Natã dirigir-se à janela. Bufou diante da teimosia dele, que então finalmente revelou o que queria:

– *Você ficará atenta ao que se diz sobre ele. Ao que se trama contra ele. Às recompensas que se oferecerem contra ele. E, principalmente, se ele realmente está cumprindo sua missão* – concluiu, ponto um chapéu panamá cinza na cabeça.

– Sim.

Natã então virou e lançou-se pela janela. Mas não sem antes ter deixado pago tudo o que retirara do atelier, e deixar Cibele boquiaberta, observando-o partir sobre os telhados

. . .

Saltando de prédio em prédio e iluminado pelos letreiros sobre eles, Natã deslizou noite adentro como uma sombra, dirigindo-se à larga e tumultuada rua na qual as luzes das sirenes nas viaturas disparavam feixes vermelhos em todas as direções, Iluminando o semblante apreensivo da multidão silenciosa que estava separada do orfanato pelos cordões de isolamento efetuados pela polícia.

O Chefe de Polícia, o Delegado da Jogos e Diversões, o Tenente da Polícia Militar e o comandante da Polícia Especial observavam o orfanato.

Natã analisou as janelas, oculto pelas sombras em cima do prédio. Calculou o posicionamento de Majestade, o sequestrador, visível pelo brilho dos cordões e anéis de ouro que usava.

Os figurões da polícia deliberavam lá embaixo quando uma daquelas janelas explodiu em cacos de vidro.

– *Meu Deus, o que foi aquilo!* – gritou o Delegado Abner.

Dentro do orfanato e diante do grito de susto das crianças, o vulto cujo lenço prateado esvoaçava pelo o vento disparou algo, atingindo cirurgicamente uma navalha no pulso de Majestade, fazendo-o derrubar a faca com a qual ele ameaçava os reféns.

O gigante berrou de dor.

– *VAI, VAI, VAI!* – gritou o Chefe de Polícia. Imediatamente o grupamento de homens da Polícia Especial avançou, em formação, mirando as metralhadoras.

Rosanegra correu em direção ao homem e, após um salto, chutou-lhe o peito, lançando-o contra a porta atrás si e despedaçando-a. Avançando sobre o corpulento sambista, encurralou-o contra a escadaria de madeira, desferindo-lhe um soco na costela e outro no nariz

Os agentes da Polícia Especial, que arrombaram os portões do orfanato, adentravam ao local, dirigindo-se à escadaria.

Grogue, Majestade reagiu, tomando a perna de Natã ao evitar um de seus chutes. Segurando-o com uma única mão pela canela, lançou-o contra o chão.

A Polícia Especial chegava ao segundo andar, subindo cautelosamente e apontando com precisão suas armas.

Com Rosanegra caído e ainda zonzo, o malfeitor tomou-o pelo pescoço. Sem perceber de onde nem como, um mini explosivo lacrimogêneo explodiu no rosto de Majestade, que imediatamente soltou seu oponente o qual, tão logo tocou ao chão, desferiu poderoso chute na perna do gigante, forçando-o a se ajoelhar de forma dolorosa. Rosanegra terminou a sequência com um chute poderoso no peito de Majestade, que o arremessou na curva da escada de onde vinham os agentes da Polícia Especial, recebendo de presente o bandido indefeso e nocauteado.

- *PARADO AI!* - ordenou o Tenente Nobre, líder do grupamento que subia as escadas, apontando a metralhadora para Rosanegra.

- *Há vinte crianças, uma jovem e um casal de senhores na enfermaria* - disse Rosanegra, visto somente como uma sombra devido a luz da noite que adentrava pela janela atrás dele.

- *MÃOS PARA CIMA!!* - insistiu Nobre.

Uma bomba de gás surgiu aparentemente do nada, como a bomba lacrimogênea nos olhos de Majestade. A fumaça impediu que os homens de Nobre vissem Rosanegra se lançar acrobaticamente ao vão das escadarias a fim de chegar ao primeiro andar. Desnorteados, eles abriram fogo, iluminando o orfanato em trevas, enquanto os tiros faziam madeira e concreto explodir em todas as direções e a multidão lá fora gritar em desespero.

- *Vocês dois, sigam até a enfermaria, o restante comigo!* - ordenou o Nobre.

Os agentes da P. E. desceram as escada em formação, correndo atrás da misteriosa figura. Miravam em todos os cantos, passando pela porta que levava até o pátio interno do orfanato, que estava em silêncio e escuridão.

- *Mandem o restante dos homens entrar. Quero uma varredura, AGORA!* - exigiu o tenente.

No terceiro andar, os reféns encontrados por dois dos policiais eram prontamente atendidos. Olhavam para os agentes, como se implorassem por uma explicação acerca do poderoso vulto negro que havia entrado pela janela e eliminado o perigo que os assolava.

Lá fora, o alto escalão da polícia esperava, apreensivo. O povo em volta também observava atentamente o antigo prédio e logo aplaudiram efusivamente quando viram os policiais saírem do orfanato debaixo dos incontáveis flashes das máquinas fotográficas dos repórteres presentes, com todos os reféns salvos e com sambista algemado, preso, porém vivo.

E, longe dali, próximo a um letreiro de neon sobre outro prédio, Rosanegra observa, enquanto o vento tremulava o lenço cinza em seu pescoço.

...

*Um mês antes.*

Após dias intensivos, Natã aprendeu a esconder sob sua roupa lâminas de vários tamanhos, e a fazer ataques cortantes quase invisíveis. Aprendeu também a arremessá-las com precisão. Os alvos feitos de pano no prédio abandonado, todos cortados, espalhavam algodão pelo chão, demonstrando o grau de perícia do jovem policial.

    - *Muito bom rapaz* - parabenizou o Macaco Raspado.

Naquele momento, Natã parou por um instante. Mirou seu mestre, tomando por um semblante de curiosidade.

    - *Seria possível usar esta mesma técnica para utilizar armas não letais e de dispersão, como pequenas bombas de gás?* - perguntou ele, tomando um pouco de água para beber.

O mestre sorriu.

    - *Foi pensando assim que este estilo foi criado. Já ouve mulheres que adaptaram o estilo para o uso de alfinetes e agulhas. Mas terá que descobrir isso por conta própria...*

Natã terminou de beber a água, pegando então sua mochila com a roupa do trabalho. Foi quando o mestre lhe disse:

    - *Amanhã não precisa mais vir.*

Sua voz parecia sóbria. Triste até. De fato, ele dissera aquilo caminhando cabisbaixo, indo em direção à mesinha onde havia água e café.

- *Mas... por que não? Eu cometi algum erro?*

O mestre sorriu:

- *Não você tem sido impecável* - elogiou - porém, *já completou este ciclo.*

Natã não sabia bem o que dizer:

- *Então é assim que acaba?* - perguntou o jovem.

Naquele momento, foi o Macaco Raspado quem não havia compreendido.

- *Não tem um rito final, uma frase dramática, uma benção derradeira?* - arguiu Natã - *É só "não vem mais amanhã" e adeus?*

Macaco Raspado gargalhou. - *Em quase sessenta de capoeira eu nunca vi isso* - disse, para depois ir se aproximando-se do rapaz - *Mas tenho sim algo a lhe dar antes ir.*

O rapaz olhava atentamente.

- *Rosanegra* - disse o mestre.

Natã não entendeu.

- *É um nome. É comum os* capoeiras *serem batizados pelos seus mestres com outro nome quando se tornam discípulos. Este será nome* - respondeu o mestre, dando ao rapaz o lenço cinza-prata pendurado na parede.

- *Por que este nome?*

Macaco Raspado virou-se lentamente para a janela:

- *Era um barbeiro português. Um dos primeiros dominar este estilo, e o primeiro branco a se tornar mestre. Ele usava uma capa de gola alta para esconder uma maior quantidade de facas e navalhas, e ainda aprendeu a usar a capa para evitar as lâminas de outros oponentes e os cassetetes da polícia. Um grande mestre do passado.*

Os olhos de Natã lacrimejaram. Cerrou os lábios, e balançou a cabeça positivamente, agradecendo. Virou-se então para ir embora:

- *Menino...*

Novamente, Natã devotou toda a sua atenção ao mestre:

- *Lembre-se porque veio até mim* - disse o velho, pontificando - *não é vingança. Não é ódio...*

Natã completou:

- *É domínio próprio* - disse ele, surpreendendo seu mestre com um forte abraço após um segundo de hesitação.

Um abraço de filho para pai.

Ele retribuiu o carinho, com um largo sorriso no rosto.

Natã então tomou sua mochila, e finalmente desceu as escadas.

...

Após Natã sair numa direção, outra pessoa adentrou ao prédio, sem ser vista.

Era uma mulher de pele amarronzada, com longas tranças em estilo afro. Vestia saia branca que roçava ao chão junto de sua sandália, e usava camiseta verde que realçavam as guias das mesmas cores que trazia ao pescoço.

- *Esqueceu alguma coisa garoto?* - perguntou o Macaco Raspado, enquanto arrumava a mesa onde estava o jornal, o café e os remédios.

- *Espero que você não tenha esquecido* - a voz da mulher era firme e perene.

O velho barbeiro interrompeu sua arrumação, virando-se lentamente para a ela. Contemplou então seu rosto. Aqueles olhos tristes, porém firmes, ocultos pelos óculos que ela usava e a faziam parecer bem mais jovem do que realmente era.

- *Usando minhas misturas?* - perguntou a mulher.

- *São as melhores* - respondeu ele.

- *Eu soube que você tomou um aprendiz.*

- *Uma exceção.*

- *Vim pedir para que abra outra.*

- *Desculpe Ana* - pediu o barbeiro, revelando o nome da mulher - *mas minha dívida com este passado já está paga e encerrada.*

Ela balançou a cabeça negativamente.

– *Sinto muito, João* – foi a vez dela de mencionar o nome – *Mas você tem uma última dívida a sanar.*

Ela então deu alguns passos à frente, sendo plenamente iluminada pela luz da lua, que entrava pela janela diante de si.

Macaco Raspado olhou para Ana, assombrado pelo passado que tanto desejava esquecer.

– *Você ainda tem um último aprendiz a treinar* – decretou ela.

. . .

Bárbara adentrou em seu charmoso apartamento. O relógio denunciava ser madrugada. Deixou a bolsa sobre uma das poltronas e dirigia-se ao banheiro, quando notou a janela, que permitia a vista da cidade pelo alto de Santa Tereza, aberta.

A morena foi até a bolsa, tirando lá de dentro um revolver calibre 22. Respirando fundo, voltou-se para a janela, depois vasculhando com os olhos o apartamento.

– *Não vai precisar disto.*

A voz vinha da sombra próxima à janela.

– *Quem é você?* – Bárbara ajustou o cão do revolver com o polegar – *O que quer?*

Ainda não podia vê-lo. Somente o olhos brancos da máscara do invasor eram perceptíveis naquela penumbra, além da longa faixa cinza que, parecendo vir de seu pescoço, revelava-se devido ao vento que entrava pela janela.

- *O que eu quero é o que importa* - disse ele.

Bárbara tinha lido os jornais sobre o misterioso homem que salvara as crianças no orfanato, dias atrás. Era o máximo que sabia sobre o estranho em seu apartamento.

- *Fale* - ordenou a mulher.

- *Sei que você faz parte de uma quadrilha de jogadores profissionais, que ganham dinheiro com apostas.*

Ela estreitou os olhos. O homem continuou:

- *Mas não é devido às suas práticas de contravenção que vim aqui.*

- *Seria então pelo que?*

- *Seu passado amoroso. Um caso com certo delegado. Na aparência, casado, respeitável, com ares de honestidade e recato. Na realidade, corrupto, covarde e manipulador.*

Ela não resistiu em perguntar:

- *Supondo que eu realmente tenha tido este caso...qual seu interesse nele?*

Um curto silêncio antecedeu a resposta:

- *Não tenho interesse no caso de vocês. Somente no que você sabe sobre ele.*

*– O que te faz pensar que sei alguma coisa?*

*– Algumas amantes sabem mais que esposas...*

Ela respirou aliviada, apesar de não deixar de apontar a arma:

*– E porque eu lhe ajudaria com isso? –* perguntou ela.

Novamente um curto silêncio.

*– Porque eu sei que ele te magoou muito. Muito mesmo!*

Lentamente, Barbara esboçou um sorriso no rosto. E, conforme sorria, abaixava o revolver.

. . .

Carnaval.

Ainda que fora de tempo, as marchinhas embalavam os foliões na Lapa. Caia uma chuva de confetes sobre pierrôs, colombinas, piratas, "cleópatras", "napoleões" e outros personagens. Eram fantasias coloridas e brilhosas. Todas dignas de vencer o concurso daquela quente noite carioca.

Isabel estava no baile. Fantasiada como uma princesa grega. De vestido branco, sandálias e adereços dourados, cantava para abstrair a tristeza.

Mas não havia apenas gente fantasiada. Lakhama chegou à festa junto de sua malta. Empurrava quem ficava em seu caminho, enquanto os capangas pegavam, sem pagar, bebidas e comidas das barracas.

Ninguém ousava reagir ou sequer encarar os malfeitores.

Zé-Caolho chegou junto deles. Tomava uma cerveja, e ainda extorquia os vendedores de maneira nada sutil. Recostado numa das barracas, ele não podia deixar de notar Isabel transbordando sua beleza enquanto dançava ao som da marchinha de carnaval.

Lá de cima, dos Arcos da Lapa, Rosanegra observava...

Zé Caolho aproximou-se de Isabel, sambando no mesmo passo dela. A moça já sabia de quem se tratava. Discretamente se afastou, dançando noutra direção.

Natã desceu dos Arcos da Lapa na direção oposta à festa.

Os capangas de Lakhama empurraram um pobre coitado fantasiado de "Imperador Nero" ao chão. Riam e debochavam dele por ser obeso e quebrar uma barraquinha de doces ao cair.

Enquanto isso, Zé Caolho seguia Isabel, ainda tentando se insinuar com a dança e sendo continuamente rejeitado pela mulher.

Rosanegra se aproximou da festa. No rosto, o lenço cinza-prateado, cujas pontas caiam e tremulavam com o vento.

Ouviu murmúrios de desavisados, que pensavam ser alguma fantasia estranha.

O pobre coitado fantasiado de "Nero" levou um chute no ventre, desferido por um dos capangas. Outro jogou bebida no rosto do pobre sujeito. Lakhama sorria com seus dentes amarelados, vendo a cena numa de uma barraca um pouco mais distante.

Zé Caolho se irritou pela moça ignorá-lo e deixá-lo sozinho pela terceira vez. Foi atrás dela, então sem dança ou gingado.

Os foliões, olhando estupefatos para o misterioso homem de chapéu de terno e chapéu negros, abriam lentamente passagem para ele, que caminhava imponente em direção aos malfeitores.

- *O que foi, princesa?* - perguntou Zé Caolho, segurando de forma bruta um dos braços de Isabel - *não sou bom o suficiente pra você?* - ele puxou-a então para mais perto de si - *Não quer que eu seja seu príncipe?*

- *Duvido* - respondeu Rosanegra, enquanto os demais foliões se afastavam.

O olhar fulminante de Zé-Caolho em reação à resposta do estranho recém chegado fez a banda interromper imediatamente a música. Todos pararam o que faziam e concentraram-se no confronto.

Lakhama fez sinal a seus homens, sorrindo de forma sádica.

- *Não deveria se meter onde não é chamado* - disse Zé Caolho, sacando uma faca do bolso.

- *Vocês me chamaram* - respondeu Rosanegra.

Zé-Caolho largou a garota e entregou-se a curiosidade:

- *É mesmo?* - perguntou sarcasticamente, aproximando-se do homem lenço prata - *Quando lhe chamamos?*

Natã segurou a mão do malfeitor, torceu-lhe o braço e disparou um poderoso chute no patife, que o lançou contra três capangas de Lakhama, os quais tentaram, sem sucesso, segurar Zé-Caolho, para impedir que caíssem todos ao chão.

- *Quando vieram a esta festa* - respondeu ele.

Os demais capoeiras atacaram. Rosanegra bloqueou os chutes dos dois primeiros lutadores, segurando a perna de um e atingindo a genitália do outro, encerrando com um corte profundo debaixo da perna do meliante que segurava.

Os vilões ficaram assombrados. Perguntavam-se de teria vindo a lâmina que cortara o capoeira estrebuchando no chão, tentando conter o sangramento.

Furioso, Zé Caolho se levantou e tentou uma sequência de três facadas, das quais Rosanegra esquivou-se movendo a cintura para trás, girando em torno de si mesmo para chutar o rosto de outro capoeira que vinha atacar-lhe por trás e cortando, ao mesmo tempo, a camisa dos outros dois que vieram atacar-lhe pelos lados, com um movimento rápido dos braços.

Aquela foi a deixa para Zé Caolho, que desferiu um ataque cortando parte do ventre de Natã, cercado então por mais três capoeiras. Como um vulto de fúria, o homem de preto chutou o joelho de um, bandou o segundo segurando o chapéu com uma mão para que não saísse de sua cabeça e deslocou com um soco o queixo do terceiro.

Correu então a Zé Caolho: cortou-lhe parte da mão que segurava a faca, fazendo-o largá-la, e também o tapa olho que usava, revelado um terrível ferimento mal cicatrizado, expondo-o à vergonha.

Súbito, outro capoeira tentou um ataque por trás, mas o misterioso lutador segurou seu pé sem olhar para a retaguarda, arremessando-o contra Zé-Caolho e fazendo ambos caírem ao chão, nocauteados.

Só restava um de pé.

Lakhama.

Entre a correria da multidão, os dois guerreiros entreolharam-se.

Ardendo em fúria, o homem do lenço prateado correu em direção ao seu inimigo, que abriu os braços com um sorriso de satisfação.

*Capoeira não é ódio. Capoeira não é vingança.*

Rosanegra lembrou-se de onde errara. Conteve a fúria.

Com a habilidade e potência que lhe eram peculiares, Lakhama gargalhou e desferiu o poderoso golpe fatal que deslocaria o maxilar de seu oponente.

O ataque fez jorrar sangue de forma assustadora.

Após avançar de forma veloz, Rosanegra parou ajoelhado atrás de seu oponente.

Lakhama, por sua vez, urrava de ódio com o sangue que jorrava de sua perna, devido a espetacular esquiva de Rosanegra, que passou por debaixo e a cortou sem que o inimigo percebesse qualquer lâmina que fosse.

O quebra-osso desfez o sorriso. Rosanegra levantou-se e disparou violento chute no rosto de Lakhama, depois um golpe no estômago, um chute na costela e finalmente outro chute no queixo.

Lakhama arriou ao chão, caindo sobre um dos joelhos, sangrando pela boca e pela perna.

Rosanegra respirou.

Lakhama levantou.

Gritando de ódio, chutou o peito de Natã, fazendo-o experimentar de novo a dor que meses atrás sentira. Parecia que se sua caixa torácica iria explodir. Lakhama desferiu mais dois chutes girando em torno de si mesmo, quase levando o jovem policial a nocaute. Caído ao chão, Rosanegra rolou para o lado para fugir do pisão sobre seu ombro que, certamente o deslocaria, e levantou-se agilmente em seguida com um único movimento.

Eles ficaram a certa distância um do outro. Respiravam intensamente. Olhavam-se concentradamente

Rosanegra avançou novamente contra seu inimigo, arremessando-lhe duas navalhas. Este, por sua vez, agachou-se de forma impressionante, evitando a primeira lâmina e dando uma cambalhota acrobática para esquivar-se da segunda.

Voltaram a ficar na distância de combate corpo a corpo.

Na velocidade de um raio e a graciosidade de uma dança, os *capoeiras* trocavam golpes entre si. Lakhama disparou uma sequência de chute, soco, soco e chute, que Rosanegra, recuando, esquivou, esquivou, aparou e esquivou, tentando revidar com uma rasteira saltada pelo quebra-osso. Lakhama então passou a defender-se, aparando com a mão um soco e com o joelho um chute. Reagiu saltando e desferindo com o impulso do salto outro chute contra Rosanegra, que se desviou e depois aparou a sequência de dois chutes e um soco, usando a planta do pé para afastar, ainda que sem dano, o avanço de Lakhama.

Rosanegra correu novamente contra o inimigo, tomando impulso para um salto mortal de proporções olímpicas, depois do qual mergulhou com um poderoso chute. O quebra-osso reagiu ao ataque aéreo girando em torno de si e desferindo para cima um poderoso chute de encontro a Natã.

As testemunhas exultaram diante da cena. Após um leve deslocar do vento devido ao impacto dos golpes, ambos lutadores desabaram ao chão. Lakhama no mesmo lugar, mas estatelado ao chão, e Rosanegra a três metros dali, sobre uma barraquinha de madeira destruída.

O quebra-osso se levantou, cortado, ferido e atordoado. Mal conseguia manter-se de pé.

Rosanegra levantou-se também. Respirou fundo. Doía-lhe respirar.

Olhou para seu oponente, bem mais ferido.

- *Não é ódio. Não é vingança* - lembrou-se.

Lakhama avançou ferozmente, com o que lhe restava de sangue e força.

Uma esquiva perfeita, diante do ataque imprudente do inimigo.

Sangue espirrou.

O outro corte na perna não era letal, mas impedia que Lakhama continuasse lutando ou fugisse da Polícia Militar, cujas sirenes já podiam ser ouvidas.

Só restava Rosanegra de pé, tentando conter a dor quando respirava para recuperar fôlego, em meio aos aplausos, confetes, serpentinas e bandidos ao chão.

Nove capoeiras derrotados, nenhum deles morto, todos capturados. Nenhum inocente ferido.

Zé Caolho, por seu turno, fugira. Ao som dos gritos entusiasmados da multidão, o misterioso homem do lenço prateado retornou em direção aos Arcos da Lapa, de onde havia chegado.

E, lá entre os foliões, polvorosos diante do que viram, Isabel observava o herói daquela noite desaparecer ao longe.

# DOSSIÊ 7661

—

# PAÇO DE VIENA

A apresentação era requintada, realizada no esplêndido Paço de Viena, uma das mais belas casas de festas do Rio de Janeiro. Os abastados convidados em seus caríssimos smokings e vestidos de noite apreciavam as apresentações dos músicos, dançarinas e poetas. Enquanto isso, degustavam vinho e petiscos refinados servidos pelos garçons e garçonetes paramentados com fantasias típicas do carnaval de Veneza.

O próximo a se apresentar foi um mágico. Igualmente fantasiado, usava uma camisa xadrez verde e calça marrom. Seus suspensórios não estavam sobre seus ombros, mas caiam pelo quadril até a parte de trás das pernas.

Seu rosto estava pintado. Tal qual um Arlequim.

Ele passeava pelo público sacando confetes, flores - que distribuía para as belas jovens da festa - e até mesmo uma linda pomba branca. Os truques não eram novos, mas chamavam a atenção pelo jeito irreverente e charmoso do sedutor ilusionista. Impressionava também a ausência das roupas pesadas e cartolas capazes de facilitar truques: parecia realmente que o artista era capaz de conjurar coisas do nada.

Ao mesmo tempo, o último dos empregados estava sendo amarrado na cozinha, se juntando aos demais empregados que tinham sido rendidos por homens armados com revólveres e pistolas. Vestindo as fantasias usadas pelos garçons como indumentária, os meliantes foram silenciosamente desacordando com coronhadas os seguranças e demais serviçais da casa.

O tiro para cima, disparado dentro do luxuoso salão de mármore e luzes douradas de castiçais, apavorou aos convidados, Os homens fantasiados foram então tomando o salão, guardando as saídas e fazendo os reféns se dirigirem ao centro do salão.

— *Não quero vê-la assustada, querida* — disse o mágico, cuja franja dos lisos cabelos caía à frente de um de seus olhos — *Portanto, vou deixá-la ir.*

A jovem de rosto de porcelana, a quem o ilusionista se dirigira, recebeu dele uma flor, retirada sabe lá de onde por meio de mais um truque.

— *Quem você pensa que é?* — reagiu o noivo da jovem.

— *Calminha rapaz?* — respondeu o Arlequim, sacando, também do nada, uma pequena pistola e revelando-se, enfim, membro do grupo que acabara de invadir o salão — *Não queremos estragar a festa não é?* — completou o mágico, piscando o olho para a moça e movendo levemente a cabeça na direção da saída, enquanto os bandidos iam tomando, sem agressividade, relógios, carteiras e joias dos reféns na festa.

Amedrontada, porém seduzida, a garota fugiu.

E fez aquilo que qualquer pessoa naquela situação faria: chamou a polícia.

...

*Dois anos antes*

A mesa posta era farta, sentando-se à cabeceira o homem de semblante sério. Ao seu lado, a respeitável esposa. A casa era bonita e lá havia tudo do bom e do melhor, fruto do trabalho do homem enquanto alto funcionário do Judiciário. A agradável brisa entrava pela janela atrás do patriarca, que dava para um lindo jardim.

- *Minha filha, o rapaz não está demorando muito?* - perguntou a senhora para Melissa, sentada bem na sua frente.

Ela falava de Anabello, o guapo namorado da moça que se apresentara o mais elegantemente possível em seu terno desgrenhado - desleixo que lhe dava ainda mais charme. Respeitoso, e ao mesmo tempo sedutor, beijou a mão da mulher e apertou a mão do futuro sogro com o máximo de respeito que seu semblante de leve desapego era capaz. Respondeu às perguntas sobre sua profissão - o que em nada deixou animado o pai da garota - e também acerca de seu projeto de vida e intenções com Melissa.

A resposta não poderia ser mais óbvia: casar-se, ter filhos e constituir uma família.

O jantar prosseguiu agradável pelo carisma do rapaz e também pelo pai de Melissa saber que de nada adiantaria remar contra a maré. Claro, a refeição também estava deliciosa, de "comer rezando" como se dizia.

Até o momento em que o rapaz pediu para usar o banheiro.

Já fazia um bom tempo, sem que voltasse de lá.

- *Vou ver o que aconteceu* - disse Melissa, pedindo licença a seus pais e dirigindo-se ao toalete.

- *Bello?* - chamou a moça batendo junto à porta - *Bello, está tudo bem? Bello? Bello?*

Ninguém respondia.

Intrigada, a moça abriu sutilmente a porta. E, para sua surpresa, não havia ninguém ali.

Assustada, Melissa chamou a seus pais que, por sua vez, chamaram aos empregados. Todos se empenharam em procurar Anabello: pelo jardim, sala, cozinha e até mesmo quartos.

Nenhum sinal do rapaz.

Atordoada, Melissa buscou uma explicação para o que se deu. E o pai dela, fumegando em ódio ao dar-se conta de que fora roubado, cerrou as mãos, indo até o telefone acionar seus contatos.

. . .

*O prédio está cercado e as vias interditadas* - informou o imponente policial em de farda preta e boina vermelha, trazendo junto ao peito uma metralhadora.

Capitão Cruzeiro, comandante da operação, respondeu com sinal afirmativo com a cabeça.

Eram cerca de cinquenta agentes da Polícia Especial, junto às caminhonetes pretas do grupamento de elite da policia, estacionadas logo à frente à casa de festas. Por cima e pelos fundos seria possível uma invasão rápida e furtiva, e eles tinham soldados especificamente preparados para este tipo de abordagem. Ainda assim, Cruzeiro observava atentamente as janelas e as portas, esperando o momento certo para entrar.

– *Senhor, o Chefe de Polícia* – disse outro agente, mostrando o rádio de uma das viaturas ao capitão.

Ele atendeu.

– *Pois não, senhor.*

– *Qual a situação?*

– *Cerca de sessenta reféns, dez homens armados, aparentemente com pistolas. Foi um assalto e eles estão cercados, mas algo não me cheira bem.*

– *Por quê?*

– *Uma moça alertou guardas na rua, e eles nos contataram. Ela estava na festa.*

– *Sim, e daí?*

- *Pelo que ela me contou, parece que o líder dos bandidos a deixou sair somente por ser "muito bonita".*

- *De fato, muito estranha esta caridade.*

A conversa dos dois foi então interrompida.

- *ALGUEM ESTÁ SAINDO!* - alertou outro policial.

Os agentes então apontaram suas metralhadoras com exímia perícia para o homem que saía: um senhor meio calvo, de aparência tranquila, num caro smoking. Ele levantou as mãos, assustado. Um dos policiais o tomou rapidamente pelo braço, tendo a cobertura de outros dois agentes que, em formação, avançaram para protegê-los.

- *O senhor está bem?* - perguntou Cruzeiro, levando o homem até uma das caminhonetes onde foi acomodado com toda a delicadeza.

- *Sim, estou.*

- *Há alguém ferido lá dentro?*

- *Não. Eles mal tocaram em nós.*

- *Ok. agora eu peço ao senhor que colabore. Qualquer coisa que puder dizer será de grande ajuda: quantos você viu, como são suas armas, coisas que disseram...*

Mesmo de semblante tranquilo, o velho homem estava ainda assustado. Pôs lentamente a mão no bolso para pegar um bilhete. Entregou-o a Cruzeiro.

– *Definitivamente isso não me cheira bem* – disse o comandante após ler o conteúdo da mensagem, enquanto o refém era levado a uma ambulância.

. . .

– *Hei, mágico* – chamou um dos convidados, cujo rosto recebia os flashes da sirene das viaturas que entravam pelas janelas.

– *Me chame de Arlequim* – respondeu ele, sentado sobre uma cadeira com o recosto virado para frente, levantando-se em seguida.

– *O que você quer? Pegou nossos pertences, mas não fugiu* – perguntou aquele homem, de terno caro e cabelos negros brilhosos com o gel.

O mágico riu.

– *Talvez eu goste da companhia dos senhores* – respondeu ele, pegando, com sorriso irreverente no rosto, uma uva da mesa do banquete. Pôs-se então a passear pelo salão: – *Lógico: das senhoritas principalmente* – declarou, olhando para uma bela jovem em seu lindo vestido prata, que abriu contidamente um leve sorriso e logo em seguida o desfez, diante do olhar reprovador do senhor que a acompanhava.

– *Mas a polícia chegou* – insistia o homem que iniciara a conversa – *eles cercaram o prédio. Não vai negociar com eles?*

Arlequim bebericava vinho branco numa taça de cristal, quando ouviu aquela advertência:

- *Meu Deus, você tem razão!* - concordou o mágico, sorrindo e pondo a taça sobre a mesa - *Mas sabe o que ocorre?* - ele se aproximou de seu interlocutor, pondo-lhe a mão no ombro e falando-lhe como se fossem grandes amigos - *é que sou muito seletivo com minhas amizades. Não falo com qualquer um.*

O homem não entendeu.

Arlequim sorriu, retomando a taça para beber.

...

- *Eu vim assim que soube* - disse o Promotor Rodolfo Bilac ao Capitão Cruzeiro - *qual a situação?*

- *Dez homens armados mantendo quase sessenta reféns que, aparentemente, não foram molestados* - revelou Cruzeiro - *e antes que eu começasse as negociações, ele libertou um refém com o bilhete.*

- *Certo. Já sabem quem é este cara?*

- *Anabello da Silva* - respondeu o Inspetor Josefo, que chegara ao local uns vinte minutos antes - *mágico profissional com registro na Jogos e Diversões, preso por falsidade ideológica e roubo qualificado.*

*Ok . Avise que eu vou entrar* - ordenou Rodolfo ao capitão.

Cruzeiro gesticulou para os demais policiais, que se prepararam, enquanto o comandante tomou o megafone anunciando a entrada do promotor. Foi respondido imediatamente pelos bandidos, com um lenço branco na janela, sinal combinado pelo bilhete.

Rodolfo então caminhou calmamente para dentro da luxuosa casa de festas, passando pela sua fachada de mármore e depois por entre as muitas estátuas e vasos caros do saguão. As portas de madeira nobre detalhadas em outro se abriram para sua chegada, levando-o ao salão principal.

– *Promotor Rodolfo Bilac?* – perguntou o Arlequim, aproximando-se afavelmente e estendendo a mão.

– *Eu mesmo* – respondeu o homem, cumprimentando o mágico.

Foi um aperto de mão caloroso.

– *Que bom!* – exclamou Arlequim, com amplo sorriso no rosto, enquanto as portas eram fechadas por dois capangas – *Vejo que lhe entregaram o meu bilhete!*

– *Sim, e cá estou. Podemos falar sobre esta situação?*

– *Lógico* – concordou Arlequim, virando para frente de si o recosto de uma das duas cadeiras trazidas pelos seus capangas e sentando-se em seguida – *desejo negociar nossa rendição* – revelou, pedindo gentilmente que seu "convidado" se sentasse na outra cadeira.

– *Estou aqui para isso* – respondeu o promotor, sentando-se.

*- Eis os meus termos -* anunciou solenemente o mágico e movendo sua cabeça para frente *- nos rendemos se você garantir uma escolta com policiais de sua confiança e supervisão pessoal sobre nossa custódia na Delegacia de Jogos e Diversões.*

Rodolfo franziu a testa. Um silêncio tomou o salão.

*- Só isso que exige? -* perguntou.

*- Sim -* respondeu Arlequim, após roçar a língua na bochecha por dentro da boca.

Nenhuma condição. Nenhum veículo de fuga. Nenhuma quantia em resgate. O promotor olhou intrigado para o mágico:

*- Isto é alguma brincadeira de péssimo gosto?*

*- Promotor! -* declarou Arlequim, levantando-se da cadeira *- nós estamos cercados pela Polícia Especial, a elite de toda a polícia. Que chance temos de escapar? Minha preocupação é somente não sermos vítimas da truculência e tortura daqueles homens lá fora, principalmente por termos mexido com os poderosos desta cidade. Mesmo que nenhum dano físico tenhamos causado...*

Rodolfo apenas observava. O mágico falou mais:

*- O senhor sabe o que muitos policiais fazem quando nos capturam. Acha pouco pedir por nossa segurança física?*

O promotor levantou-se da cadeira, olhando desconfiado para o Arlequim. Este, por sua vez, lhe estendeu a mão, olhando nos seus olhos. E, de forma contida, eles selaram o acordo, apertando as mãos.

Os bandidos então saíram, rendidos com as mãos sobre a cabeça e sendo algemados sem resistir ou serem vitimas de qualquer violência por parte da Policia Especial. Ao mesmo tempo, os reféns foram soltos, atendidos em seguida pelos demais policiais.

E, de dentro de uma das viaturas, Arlequim sorriu, piscando o olho para outra refém, também acompanhada do noivo...

# DOSSIÊ 6669

–

## CABARÉ PECCADO

*"O PRICINPE DA LAPA"*, dizia a manchete de jornal que Orlando lia, sentado e de pijama em sua poltrona. A reportagem fora bombástica ao noticiar a batalha do misterioso sujeito que surgiu no baile de carnaval em frente aos Arcos da Lapa. Nove capoeiras ligados ao Jogo do Bicho foram presos, indefesos que estavam após serem derrotados. Ninguém sabia quem era ele ou de onde viera. Mas, agradecidos pelo feito e encantados pela agilidade e elegância do misterioso *capoeira*, o prêmio de melhor fantasia lhe foi concedido pelos organizadores da folia, assim como o título de nobreza da referida manchete.

- *E essa agora! Mais um fantasiado vagando pela noite* - reclamava Orlando, sentado em sua poltrona e com o jornal na mão - *Qual era mesmo o nome daquele outro?* - perguntou o velho detetive, virando a cabeça para a cozinha onde sua esposa passava o café.

- *MASCARATE!* - respondeu Nelita.

- *É, Mascarate. Eu sempre confundo este nome.*

– *O que é uma surpresa para alguém com sua memória* – disse Natã, entrando na sala após abrir a porta da casa como se lá morasse.

Orlando colocou o jornal sobre uma mesinha, e seu semblante expressou algo como *"até que enfim veio me visitar"*.

– *Chegou na hora certa* – disse Nelita, trazendo café, torradas e manteiga. Olhou para Natã como se dissesse "compartilho teu segredo", enquanto servia o lanche.

– *Meus horários andam complicados* – defendeu-se o jovem policial.

– *É, eu soube que te colocaram na Seção de Arquivo. Mas não é motivo para ter sumido por três meses* – reclamou o velho detetive.

– *Digamos que eu andei resolvendo uns probleminhas pendentes* – argumentou Natã, tomando o café e olhando um tanto timidamente para Nelita,

A mulher, antes de mais uma rabugice de seu marido, disse:

– *Isabel está lá trás no tanque, lavando roupa.*

– *Vou falar com ela* – respondeu Natã, diante do olhar aparentemente reprovador de Orlando, enquanto colocava a xícara sobre a mesa.

Era uma visão suburbanamente provocante: a morena de cabelos presos e vestido florido estava com a parte da frente de seu corpo molhado, por encostar o ventre no tanque. Ela sequer percebera a chegada de Natã, pensativa que estava no Príncipe da Lapa e na noite anterior.

– *Um doce pelo seu pensamento* – disse Natã, chegando silenciosamente perto dela.

– *Que susto!* – reclamou Isabel, abrindo então um sorriso – *Finalmente resolveu aparecer.*

– *Tive meus motivos.*

– *Mais importantes que eu...* – Isabel engoliu a frase como se tivesse dito algo que não queria dizer, corrigindo em seguida – *...que nós?*

Sem graça, Natã olhou para a moça procurando palavras.

– *Eu senti sua falta* – confessou.

Isabel baixou a guarda. Natã nunca fora tão direto, ainda mais naquele momento, olhando em seus olhos.

– *Você fica pra jantar, não é?* – disse Orlando, surgindo repentinamente e quebrando todo o clima.

– *Claro* – respondeu Natã, contrariado.

. . .

– *Fala Damião* – saudou Natã, da porta da oficina.

O mecânico saiu debaixo de um carro, todo sujo de graxa.

– *Opa!* – respondeu ele, pegando uma flanela para limpar as mãos e cumprimentar o amigo – *está sumido!*

– *Pois é. Passei aqui após jantar ontem com o Orlando* – revelou Natã, recebendo de Damião uma cadeira para sentar enquanto este puxava para si um banquinho.

– *Fiquei sabendo* – disse Damião, bebendo um pouco de água – *Isabel me contou ao trazer um pouco da carne assada que tia Nelita fez ontem.*

– *Ninguém faz uma carne assada como ela, não?*

– *Ninguém.*

– *Mas o que lhe trás aqui?*

– *Não posso ter vindo visitá-lo?*

– *Se você quisesse somente uma visita, teria vindo aqui ontem ou me chamado para ir até a casa do tio Orlando junto com você* – retrucou Damião.

Natã respirou fundo. Olhou para seu amigo:

– *Preciso de mais um favor* – revelou ele.

– *Negativo cara! Da última vez, você quase morreu. Tia Nelita veio aqui e me esculhambou!*

– *As coisas mudaram nestes três meses* – respondeu Natã, olhando fixamente nos olhos de Damião, que respirou fundo diante daquele olhar. O dono da oficina então se levantou e foi até uma prateleira, como se retomasse algum trabalho interrompido.

- *Esquece cara* - negou ele - *não quero carregar sua morte nas minhas contas!*

Natã tocou o ombro do amigo. Damião então parou o que estava fazendo junto à prateleira.

- *Se você não me ajudar, eu vou de qualquer maneira* - disse Natã - *a diferença é que se eu tiver sua ajuda, minhas chances aumentam.*

Damião largou a peça que estava montando.

- *Vem comigo* - disse o mecânico, chamando seu amigo para os fundos da oficina.

Lá havia algo que parecia ser veículo grande e retangular, coberto por uma lona cinza. Estava sem rodas, desativado e suspenso. Atrás, uma mesa em volta da qual havia vários artefatos da Polícia Especial (P. E.), além de outras peças em manutenção da Polícia Militar, que figuravam em prateleiras. Mais atrás, um potente rádio da polícia, velho, porém em perfeito funcionamento.

- *Saiu da Polícia Especial, mas continua ocupado!* - disse Natã.

- *Nem fale. Ainda mais nas últimas semanas: me pediram ajuda porque cinco caminhões foram roubados. Só que não foram revendidos nem desmontados. Até agora, parecem ter simplesmente desaparecido.*

- *Eu fiquei sabendo. Mas vamos ao que interessa. O que tem para mim?*

Damião olhou nos olhos de Natã e fez uma cara de dúvida.

*– Primeiro você tem me dizer que tipo de operação está planejando.*

. . .

*– Não sei onde eu estou com a cabeça em lhe ajudar com isso* – confessou Damião – *Eu deveria era impedir você de invadir um dos lugares mais perigosos e bem guardados do submundo carioca!*

O mecânico mexia nas prateleiras e caixotes como se estivesse procurando alguma coisa. Ao mesmo tempo, Natã não podia deixar de notar a coleção de uniformes que seu amigo mantinha nas paredes dos fundos da oficina. Um uniforme azul escuro das unidades de motociclistas. Uma farda cáqui dos guardas. Um traje especial dos bombeiros. Uma farda camuflada da unidade florestal, que nunca saíra do papel. Uma outra farda de camuflagem cinza, com armadura e escudo dos grupos de choque. Além, é claro, da farda negra operacional que usara em seu primeiro confronto com Zé-Caolho.

*– Estes uniformes são funcionais?* – perguntou Natã, que só tinha vestido em sua vida a farda de guarda noturno, antes de tornar-se investigador e andar a paisana.

*– SIM!* – disse Damião em voz alta, com a cara metida numa caixa – *na verdade, fiz algumas melhorias neles* – ele foi em direção ao outro lado da oficina, procurando alguma coisa – *Tenho um amigo que é costureiro. Posso ver algo adaptado a você.*

Natã olhava para os uniformes, compenetrado.

*– Não* – respondeu ele – *quero usá-los assim, nas situações que eu precisar deles.*

Naquele momento Damião, que acabara de remexer as prateleiras, parou ao lado de Natã, segurando um objeto.

- *E quanto ao terno negro, a máscara negra e lenço prateado?*

- *Para missões mais discretas e investigativas, ou em situações de combate corporal.*

- *Faz sentido. Bem, como você diz que vai invadir por cima, vai precisar de uma cobertura. Muito embora em nem imagine como você fará isso* - disse Damião, entregando o artefato nas mãos de Natã.

- *Deixe a infiltração comigo* - retrucou Natã - *de resto, o que sugere?*

O mecânico então pegou alguns pequenos cilindros numa das prateleiras:

- *Considerando o cenário e a situação, para não ferir inocentes, você precisará dispersar multidão, de ainda combater em espaços que variam entre médios e estreitos* - respondia, enquanto entregava a Natã versões menores das bombas de fumaça e de gás lacrimogêneo usadas pelo choque da Polícia Especial.

Natã examinou os artefatos, e Damião prosseguiu, andando atarefado pela oficina - *A fumaça é espessa o suficiente para confundir homens armados com revólveres ou armas de combate corpo a corpo. Mas vai precisar de granadas mais robustas para distancias maiores!*

- *Então precisarei de outra máscara, de gás*
- retrucou Natã, recebendo do mecânico um lança
granadas e uma bandoleira porta-granadas.

- *Tenho uma perfeita* - respondeu Damião,
subindo numa escada e pegando uma máscara de gás
pequena, jogando-a para seu amigo:

- *Excelente!* - exclamou Natã, ao ver que
ela ficaria perfeitamente oculta abaixo do lenço
cinza que usava no rosto.

- *Mais uma coisa* - alertou Damião, abrindo
um armário e pegando um colete de dentro dele e
jogando-o de lá sobre a mesa cá embaixo - *eu o
alterei. É mais leve que o normal. Mas provavelmente
será ineficiente a queima roupa ou para calibres
mais poderosos.*

Natã pegou todo o material, e o colocou
dentro de uma bolsa:

- *Não se preocupe* - disse ele para seu
amigo, que lhe direcionava um olhar apreensivo -
*não estou planejando ser atingido.*

Novamente, Damião murmurou:

- *Onde eu 'to' com a cabeça de ajudá-lo
nessa loucura?*

. . .

*Rio de Janeiro, Glória, 1:30 de sábado, 23 de agosto
de 1949.*

A serpentina e o confete choviam pelo cabaré,
enchendo o salão construído no século XIX. Os

foliões faziam trenzinhos ao som das marchinhas de carnaval, enquanto mulheres fantasiadas eram desfrutadas por homens igualmente fantasiados.

Foram todos bruscamente interrompidos.

A vidraça sobre a parte central do teto do salão principal estilhaçou-se, e o Baile ficou cheio de fumaça branca sufocante.

Gritos tomaram o Cabaré, enquanto o homem de farda de camuflagem cinza caia no meio do salão, após lançar da bandoleira em seu peito as granadas de gás.

*- Quero o coração dele dentro de um vaso com flores -* ordenou Daniela Peccado aos seus patifes. Eram sujeitos amados com facas e revólveres, adornados com bijuterias douradas e prateadas. Rosanegra disparou algo em direção a um dos capangas do lado da cafetina, cortando a mão dele e fazendo-o derrubar o revólver que havia acabado de sacar.

Iniciou-se a batalha sob a chuva de serpentina e confetes, em meio a fumaça que tomava o local e a correria caótica dos convidados da festa. O primeiro capanga era desarmado ao tentar uma facada, sendo tomado pelo pulso junto da mão que segurava a arma e recebendo um golpe devastador no queixo. Outros dois atacaram pelos flancos. O primeiro foi contido, tomado pelo colarinho e arremessado contra o segundo, que vinha pelo lado oposto.

Mais dois homens sacaram revolveres, mas a fumaça e o avanço em zigue-zague do homem de lenço prateado os fez errar os tiros. Ficaram vulneráveis ao chute e a cotovelada que respectivamente atingiram-lhe, levando-os a nocaute.

A sequência de combate seguia por todo o salão, coberto pelo gás. Um capanga foi arremessado contra a parede, outro, chutado pela janela fora. Dois deles, armados de revólveres, foram cortados por navalhas invisíveis, caindo ao chão com as mãos sangrando. Patifes surgiram nos corredores de cima, mas Rosanegra sacou o lança-granadas, disparando para aqueles corredores mais granadas de gás. Depois, mirando para sua frente ao ver um brutamontes que corria em sua direção, disparou a última granada no peito dele, derrubando-o ao chão.

Um último capanga surgiu logo depois do grandalhão cair no chão. Rosanegra virou a bandoleira para trás, esquivou-se dos desesperados cortes de faca, segurou o punho do bandido e, após fazê-lo largar a faca, quebrou-lhe o nariz com um golpe de mão aberta.

Instante de calmaria. Só se ouvia os gritos dos convidados fugindo. A fumaça já se dissipava, quando a estranha figura surgiu em meio aos capangas caídos, feridos, nocauteados e momentaneamente cegos.

- *Salmeicious vai cuidar bem de você* - disse Daniela do alto de uma escada, contemplando o homem de corpo bem torneado, chapéu pequeno e colete sem blusa por baixo. Ele estava frente a frente ao invasor de chapéu panamá negro e rosto impossível de ser visto.

O homem investiu elegantemente com socos e chutes. Rosanegra teve dificuldade em aparar os golpes, e não tardou para que recebesse um cruzado de direita e um poderoso chute na barriga, lançando-o contra uma mesa, que se despedaçou com o impacto.

Salmeicious riu. Daniela também.

Rosanegra se levantou.

Salmeicious defendeu-se da sequencia de chutes giratórios, mas um corte em seu peito e uma banda o fizeram cair ao chão, em um tombo espetacular.

Ele urrou de ódio. Levantou-se logo após.

A sequência de socos e chutes foram disparados de forma elástica pelo homem sem camisa, todos aparados pelo vingador de lenço prateado. Outra sequência se seguiu, com socos e chutes certeiros atingindo o *capoeira*, até que a ofensiva terminou com um sorriso de Salmeicious.

Mas:

- *É tudo o que tem?* - perguntou Rosanegra.

O sorriso do sujeito imediatamente se desfez.

Em um movimento relâmpago, o sinistro vingador abaixou-se, cortou as coxas do homem oponente, depois levantou-se em outro gesto fulminante, vertical, no qual atingiu o queixo, terminando a sequência com um chute no ventre que arremessou o oponente inconsciente ao outro lado do salão.

Daniela não vira aquela cena. Tentou aproveitar-se da ocupação do invasor para fugir com um caderninho e uma maleta cheia de dinheiro. Foi

quando uma navalha arremessada cravou na porta por
onde saia, a dois dedos de seu rosto.

– *Eu fico com isso, Srta Peccado* – disse
Rosanegra.

. . .

Os cinco homens estavam apreensivos dentro do
velho e abandonado casarão no bairro de Maria da
Graça. Armados com revólveres e pistolas, cada um
deles estava escondido em um canto. Tinham lenços
nos rostos e posicionavam suas armas, esperando
defensivamente pelo ataque.

Zé Caolho tinha reforçado a segurança da
casa, esperando a qualquer momento uma investida
vinda da janela ou descendo pelo teto, atacando seus
homens com golpes poderosos e cortes devastadores.

– *Ele sempre ataca por cima, caindo sobre
seus inimigos e atacando numa pequena área com
golpes rápidos e mortais* – pensava o vilão,
procurando convencer a si mesmo de que o esquema de
segurança que montou seria efetivo contra o
potencial inimigo.

Mas a surpresa veio no barulho das sirenes do
lado de fora da casa:

– *ATENÇÃO ZÉ CAOLHO, AQUI É A POLÍCIA. SAIA
COM AS MÃOS PARA O ALTO E NÃO TENTE NENHUMA GRAÇA!* –
ordenou o Tenente Galvão, através de um megafone.

Zé Caolho se enfureceu:

– *VIREM-SE PARA AS JANELAS!* – ordenou ele a
seus capangas, tendo noção de que, ao abrir as

portas do velho casarão, os policiais seriam presas fáceis para os capangas posicionados nos cantos da parte de cima do hall principal do imóvel. A certeza se confirmou ao escutar batidas na porta. Entretanto, para a surpresa do vilão, barulhos de janelas se quebrando foram ouvidos da parte de trás do prédio.

O tiroteio começou, com os bandidos encurralados pelos policiais militares, cuja retaguarda era composta por Geraldão e seus novos recrutados.

As balas perfuravam paredes, estraçalhavam vidros e soltavam lascas de azulejos. Zé Caolho era o único a causar baixas aos policiais, atirando com sua espingarda. O fazia enquanto seguia um corredor à direita, seguindo a rota de fuga que tinha planejado. Alguns policiais, com Galvão atrás deles, perseguiram ao meliante trocando tiros com ele, mas foram feridos por uma bomba de fabricação caseira deixada em frente a um banheiro imundo, adentrado pelo próprio vilão, que escapou por uma pequena janela previamente preparada.

Ele realmente tinha um plano para fugir. Todavia, não contava com a habilidade de Galvão, que não havia sido atingido pelos estilhaços da bomba. O oficial retornou, saindo do imóvel e correndo para dar a volta no quarteirão, a tempo de ver o foragido lançando-se temerariamente a frente de um ônibus.

Rendendo e pondo fora o motorista, Zé Caolho tomou para si o veiculo que, por sorte, tinha apenas alguns poucos passageiros, que escaparam pelas janelas.

Galvão não perdeu tempo. Ele parou o primeiro carro que viu: um rabecão da funerária "Serafins" . O motorista saltou do veiculo, e começou-se a perseguição pelas movimentadas ruas do Rio de Janeiro.

Não raro, ambos os motoristas abandonavam os volantes para dispararem uns nos outros. Galvão tentava atirar sempre nos pneus, mas era complicado, inclusive pela desvantagem de estar numa perseguição em um veiculo de menor porte.

A disputa continuava com as máquinas, já amassadas, cravejadas de balas e com janelas quebradas, desviando de outros carros, pedestres e obstáculos vários até que, finalmente, o policial atingiu o pneu do ônibus roubado. Zé Caolho perdeu o controle de seu transporte, após chocar-se com um carro negro lustroso, depois com um hidrante e, por fim, tombar de forma espetacular por tentar fazer desajeitadamente uma curva.

O hidrante destruído jorrava água para cima e o motorista saía do carro amassado com a batida. Zé Caolho desceu do lotação, desnorteado e com sangue na cabeça, observado pelos transeuntes ao redor, que estavam nos comércios, botequins ou simplesmente passando. Sacando uma faca, o malfeitor então escolheu a esmo uma mulher como vítima, tomando-a como refém enquanto gritava desesperada. Apontando a faca para a garganta dela, o sujeito gritou para o rabecão parado mais adiante.

*-DESISTA OU EU CORTO A GARGANTA DELA!*

Silencio.

*- TÁ OUVINDO 'MERMÃO' ? EU ACABO COM ELA!!!!*

O silencio permaneceu. A mulher começou a chorar.

Foi quando Zé-Caolho sentiu o cano quente na patê de trás de sua cabeça:

— *Solta a moça, Zé Caolho. Acabou.* — ordenou calmamente o Tenente Galvão que, ao ver o ônibus virado, dera a volta a fim de pegar o criminoso de surpresa e pelas costas.

...

Já passava das dez horas da manhã na Delegacia de Jogos e Diversões. O expediente era intenso com o entra e sai de detentos, policiais e artistas.

Abner chegou mais ou menos por aquela hora. Discreto, mas sempre respeitável com seu chapéu e terno caro — fora da realidade para o salário de um delegado — o qual vez por outra abotoava com esmero. Após um formal e blasé "bom dia" ao pessoal da recepção, caminhou entre as mesas do salão principal, indo direto à sua sala:

— *Leônidas?* — questionou Abner, enquanto pendurava o chapéu no porta-chapéus ao lado da porta, ao surpreender-se com o delegado da corregedoria sentado em sua sala.

Leônidas levantou-se e, com as mãos nos bolsos, respondeu formalmente com uma única palavra:

— *Abner...*

— *O que o traz aqui?*

*– Tenho um inquérito administrativo e uma prisão a efetuar nesta Delegacia.*

Era típico de Abner fingir-se voluntarioso e correto. Não hesitou em colaborar:

*– Então me diga: quem é o meliante?* – perguntou ele.

*– É você mesmo* – revelou Leônidas, lançando sobre a mesa um caderninho com letra feminina e contas do jogo do bicho, no qual o nome de Abner figurava o topo da lista. Junto ao caderninho, dados bancários do delegado e da lista de bens em seu nome, para não falar nos depoimentos e acareações que Zé Caolho, Lakhama e sua Malta deram à Corregedoria.

Abner paralisou-se. Suando frio e de boca aberta, viu então os Guardas Civis entrarem na sala:

*– Delegado Abner, o senhor está preso por corrupção passiva, abuso de poder, prevaricação e envolvimento com o Jogo do Bicho* – decretou Leônidas.

Os guardas tomaram o prisioneiro suavemente pelo braço. E toda a Delegacia de Jogos de Diversões ficou estupefata com o que viu: um delegado, preso, em plena luz do dia, a vista de todos.

E, naquela noite, só naquela noite, o canto, a dança e a bebida da boemia carioca tiveram um doce e incomparável sabor de liberdade.

# DOSSIÊ 5077

–

# DESAPARECIMENTO DA DELEGACIA

– *Senhor, os grupamentos estão prontos* – informou um sereno Tenente Nobre, à frente dos homens de farda preta com metralhadoras junto ao peito.

– *Ok* – respondeu o Capitão Cruzeiro, igualmente paramentado, colocando na cabeça a boina vermelha, que era orgulho da Polícia Especial. Tinha acabado de chegar ao movimentado pátio do quartel, onde as viaturas e motocicletas manobravam em direção ao portão.

– *Senhor, todos os homens de folga foram recrutados às pressas, e já temos duas viaturas na rua* – prosseguiu Nobre, caminhando ao lado do capitão, que se dirigira para uma das viaturas.

– *Ótimo. Envie-os para os pontos já assinalados. Eu vou me encontrar com o Chefe de Polícia. Quanto a você, siga imediatamente para o ponto rastreado pela transmissão.*

– *Positivo.*

. . .

*Uma hora antes*

0 rádio da viatura tocava um samba. *"Quando eu morrer/não quero choro nem vela"*. Batucando a música no volante, Souza Filho só percebeu ao estacionar...

Embora as janelas da frente estivessem fechadas, podia-se notar que as luzes não estavam acesas. Não havia outras viaturas nas portas, nem sinal dos guardas que normalmente ficavam na entrada. Um silêncio sepulcral vinha de dentro do imóvel, e nenhum sinal aparente de alguém por perto.

Souza Filho desceu do carro, estreitando os olhos com os quais vasculhava ao redor. Sacou seu revolver, e aproximou-se cautelosamente da Delegacia, observando as janelas. Subiu o pequeno lance de escadas que levava aos portões de entrada, que não estava trancada e pôde ser empurrada lentamente pelo pé do detetive.

Estava tudo muito escuro. Segurando o revolver com uma mão, o policial tateou a parede procurando o interruptor. As luzes foram, então, acesas. E Souza Filho deparou-se com o maior enigma de toda a sua carreira de detetive.

Nada havia lá. As mesas, bancos de espera, armários, fichários, relógio de parede. Tudo desaparecera. Até mesmo a bancada de madeira onde se recebia as pessoas não estava mais lá. E. estranhamente, o chão estava encharcado com água.

0 silêncio prosseguia solene. Só se ouvia o samba lá fora, tocando no rádio da viatura.

Souza Filho explorou o local. No início, timidamente, depois, correndo entre os cômodos, desesperado e ofegante. Tudo havia desaparecido. O xadrez estava sem presos: sequer as privadas e as pias dali e do banheiro lá estavam. Não havia mesas, escrivaninhas, armários, arquivos. O arsenal. O laboratório. Os carcereiros. Os policiais de plantão. Até mesmo quadros e objetos decorativos sem importância.

Não existia absolutamente *nada* onde, até de tardinha, era uma Delegacia!

O detetive correu, depauperado, em direção à sua viatura. Nervoso, pegou o rádio, e procurou a frequência da Central de Polícia.

Foi novamente surpreendido. Recebeu, antes, uma mensagem. Não só ele, mas todos os policiais em suas viaturas, delegacias e na Central, receberam o comunicado via rádio.

- *Caros policiais, muito boa noite. É com prazer que os terei como minha plateia nesta ocasião* - recitava a mensagem no rádio, transmitida pela voz eloquente do Arlequim.

- *Filho da Puta!* - murmurou Souza Filho.

A mensagem pelo rádio prosseguiu:

- *Nesta data os senhores estarão contemplando alguns dos meus maiores números de mágica. Especificamente, o maior deles.*

Em sua casa, o Chefe de Polícia do Distrito Federal recebeu um telefonema urgente, mesma forma pela qual Leônidas foi avisado. Os Comissários de plantão das demais delegacias distritais ou especializadas escutavam atentamente a mensagem, assim como as várias viaturas espalhadas pela cidade colocaram-se imediatamente de prontidão ao perceberem sua frequência invadida daquela maneira.

 - *Enquanto escutam esta transmissão, realizei minha maior mágica* - som de um riso pausado - *Sim!* - de novo, o mesmo riso - *eu fiz a Delegacia de Jogos e Diversões, flagelo da boemia carioca, desaparecer!*

Josefo, junto a dois guardas, também ouvia a mensagem, em frente ao prédio da promotora Leticia Miranda.

 - *Não acreditam? Então confiram por si mesmos...ou, talvez, alguns de vocês já tenham visto minha mágica* ïn loco' .

Na Seção de Armas e Explosivos da Divisão de Polícia Política e Social - responsável pelo Serviço Secreto - imediatamente procurou-se rastrear o ponto de irradiação da mensagem. Ao mesmo tempo, Narciso repousava sua mão na cintura de vespa de uma meretriz, em frente a um bordel de intensas luzes vermelhas, enquanto ouvia o rádio de sua viatura.

 - *Mas não é apenas isso, senhores* - prosseguiu o criminoso - *Espalhei pelos seguintes endereços algumas surpresinhas, requintes de ilusionismo. Claro que os senhores desejarão investigar, afinal, não vão querer que civis inocentes brinquem com meus 'truques' inofensivos, pois não?*

 - *Ah, se eu pego esse pederasta!* - grunhiu Nogueira, ouvindo a mensagem em uma viatura após algemar e lançar no carro um bandido que prendera.

Enquanto recitava lentamente os endereços, Tenente Braga, oficial de plantão da Polícia Especial, já havia acionado ao alarme. Recebeu logo depois a notificação da Seção de Armas e Explosivos, sobre o provável endereço de onde vinha a mensagem.

- *Espero que aproveitem o show* - desejou o Arlequim, encerrando a transmissão de rádio.

- *Mas nós temos um encontro no camarim depois do espetáculo, seu miserável* - disse Natã para si mesmo. Ouvindo também a mensagem, ele estava de plantão no Setor de Arquivos da Central de Polícia, com a ficha criminal do malfeitor em suas mãos.

. . .

O caminhão da Polícia Especial encostou, saltando dele seis homens armados de metralhadora e o sétimo trazendo uma mochila. Entraram no armazém velho numa rua deserta do bairro de Maria da Graça, cuja porta de madeira, já velha, foi posta abaixo pelo chute de um dos policiais.

Estava tudo escuro e, ao contrário do que esperavam, não havia sinal de ninguém no local. Sinalizando com a mão, o Tenente Nobre ordenou que se ativassem as lanternas, revelando muitos espelhos. Um verdadeiro labirinto.

Outro sinal de Nobre, então para que avançassem lentamente entre os espelhos. Sem demora, uma luz se acendeu automaticamente. Do alto, notaram mais espelhos, inclinados para baixo, como holofotes.

O que parecia intrigante logo revelou sua natureza. Os raios de luminosidade emitidos pelos espelhos no teto geraram uma luz ofuscante sobre os homens, forçando-os a fechar os olhos para não ficarem cegos.

- *É UMA ARMADILHA!* - gritou Nobre, ao escutar o "tic-tac" vindo de trás de um dos espelhos.

Tarde demais.

Alternadamente, espelhos explodiram, lançando sobre os policiais uma chuva de vidros brilhosos, enquanto outros espelhos permaneciam intactos refletindo a luz ofuscante que os cegavam. Ao mesmo tempo, o som ensurdecedor de uma banda musical era emitido de algum lugar, como se o show prometido pelo Arlequim tivesse, finalmente, começado.

Em meio às tentativas dos homens de escapar daquele pandemônio, Nobre instintivamente moveu-se para a parte escura gerada por uma das explosões. Dali podia abrir os olhos e fazer disparos sobre os espelhos no teto, impedindo assim que a ofuscação permanecesse.

- *ABRAM OS OLHOS!* - ordenou o Tenente, orientando sua tropa - *PROTEJAM-SE JUNTO AOS ESPELHOS QUE NÃO EXPLODIRAM.*

Atordoados e feridos, os policiais tentaram recuperar-se. Ao mesmo tempo, Nobre correu em direção ao agente que trazia uma bolsa:

- *Vem comigo!* - ordenou ele, indo à frente com a metralhadora.

- *Lá em cima* - apontou o outro policial que ia junto a Nobre, em direção ao escritório acima de um lance de escadas. Ambos avançaram cautelosamente em direção ao local. A música ensurdecedora, tocada num disco cujo aparelho estava acoplado em caixas de som visíveis lá de cima, foi interrompida por Nobre. O outro agente da P.E. explorou a sala e, lá de cima, viu as bombas atrás de cada espelho do labirinto.

*- Daqui podemos orientar nossos homens sobre como explorar este lugar sem disparar as armadilhas. Depois, eu irei desarmá-las* - disse o especialista a Nobre.

O tenente não respondeu. Fixava seu olhar no outro lado do escritório abandonado, onde figurava a pintura de uma barca com muitos fogos de artifício. A pintura estava assinada: *Arlequim.*

. . .

Enquanto uma viatura estacionava, a outra foi vista virando a esquina. Souza Filho e Josefo esperavam para ver quem acabara de chegar, saltando Nogueira do primeiro veículo.

*- O que houve aqui?* - perguntou ele.

*- Exatamente o que você ouviu no rádio* - respondeu Souza Filho - *Ele fez a Delegacia desaparecer.*

*- "Aff", conta outra 'mermão'* - retrucou Nogueira.

*- Vai lá e vê, ué* - desafiou Souza Filho.

Enquanto Nogueira entrou para conferir, a outra viatura estacionou. Narciso desceu dela:

– *Alguma pista?* – questionou ele ao detetive e ao inspetor.

– *Nada* – responderam Josefo com palavra, Souza Filho com a cabeça e Nogueira aparecendo na porta do prédio, a gritar:

– *CACETE, NÃO TEM MAIS NADA AQUI NÃO!*

Suavemente, Narciso pôs a mão no bolso, a fim de pegar um cigarro e um isqueiro. Nogueira, aproximando-se dos outros três policiais, e murmurou:

– *Nem o xadrez o cara poupou...*

Foi um estalo. Por um instante, a fleuma sedutora de Narciso fora quebrada. Com o cigarro próximo a sua boca, ele desviou o olhar, dantes vazio, para Nogueira. Era como se lembrasse de algo. Depois, voltou-se para Souza Filho:

– *Chegou a conferir a Solitária?*

Souza Filho se deu conta:

– *Não* – respondeu ele, meneando a cabeça.

Narciso largou o cigarro, apagando-o ao pisar nele com seu sapato impecavelmente engraxado:

– *Há uma chance de compreendermos o que aconteceu aqui, senhores* – declarou ele, colocando as mãos no bolso e caminhando calmamente para dentro do prédio.

Os outros três policiais se entreolharam, mas logo seguiram a seu colega.

...

*Conversa pelo Rádio entre o Tenente e o Capitão*

*- Nobre na escuta.*

*- Relate Situação.*

*- O calhorda não estava aqui, e ainda por cima deixou uma série de armadilhas num labirinto de espelhos. Meus homens foram feridos, mas nada grave.*

Pelo rádio, escutava-se o barulho de policiais se movimentando e de bombeiros correndo para apagar o fogo.

*- Era uma sequência alternada de espelhos, na qual um brilhava com luz ofuscante e outro explodia?*

*- Sim senhor. Como soube?*

*- Miserável!*

*- O que foi, senhor?*

*- Minha equipe enfrentou a mesma arapuca. E estou recebendo os relatos idênticos das equipes enviadas aos outros pontos.*

Um barulho de explosão interrompeu momentaneamente a conversa, assustando a Nobre, que logo percebeu estar tudo bem. O capitão voltou a lhe falar:

*- O desgraçado está curtindo com nossa cara. Alguma pista aí, Tenente?*

– *Não senhor.*

Ao mesmo tempo, um investigador do setor pericial entregou um objeto ao Capitão que, antes de analisá-lo, foi surpreendido pelo seu subordinado ao rádio:

– *Espera capitão, quase ia me esquecendo...*

– *O que houve Tenente?*

– *No escritório do armazém que invadimos havia a pintura de uma barca com muitos fogos de artifício. Estava assinado "Arlequim".*

Foi naquele momento em que o capitão se deu conta do que o perito lhe entregara em mãos. Apesar de ter quase a metade queimada pela explosão, era nítida a pintura de uma barca com fogos de artifício. A assinatura, para sorte do policial, estava intacta: *"Arlequim".*

A rua estava um pandemônio. Apesar de ser tarde da noite, a equipe do capitão se dirigiu a um prédio comercial importante da Avenida Rio Branco, o que obviamente alertou transeuntes e a imprensa. Pelo rádio, frequência exclusiva da Polícia Especial, Cruzeiro procurou orientar as demais equipes a procurar o mesmo objeto.

A resposta que vinha chegando era sempre positiva.

O que o oficial não sabia era que Damião tinha acesso a tal frequência. E que, simultaneamente, repassava as conversas a Natã, que não demorou a deduzir o que aqueles quadros queriam dizer...

A Solitária do que fora a Delegacia de Jogos e Diversões teve a pesada porta de ferro aberta. Dentro dela, Josefo, Nogueira e Souza Filho contemplaram algo que em nada combinava com aquele espaço úmido e escuro.

Tratava-se da mulher de cabelos vermelhos e corpo esculpido. Sem maquiagem, um tanto abatida. Mas nem mesmo as ataduras em sua coxa, que a obrigavam a ficar sentada, eram capazes de nublar sua beleza.

– *Quem é ela?* – perguntou Souza Filho.

– *Esta é Fenícia* – respondeu Narciso.

– *É a tal prostituta?* – questionou Nogueira.

Narciso respondeu-lhe com um olhar fulminante, após mover o pescoço de forma lenta e tensa em direção ao colega.

– *Ops, desculpe* – disse Nogueira.

– *O que ela aprontou para estar na solitária?* – perguntou Josefo.

– *Nada* – respondeu Narciso – *mas ela se meteu com gente graúda e também com policiais corruptos da Delegacia. Aqui eu a manteria segura enquanto o Leônidas e aquela promotora que o senhor está escoltando dessem um jeito no problema.*

– *Parece que o Arlequim deixou cair a cartola* – disse Nogueira, sorridente – *e com uma linda coelhinha dentro!*

O semblante hostil da moça deu lugar a um riso comedido e sarcástico, fazendo os policiais se voltarem para ela. A exceção era Narciso, que acendeu outro cigarro e recostou-se elegantemente na parede.

- *Então este foi o motivo dos gritos?* - perguntou ela.

- *Fale mais sobre isso* - pediu Josefo.

- *Falar sobre o que?* - retrucou a ruiva, com traiçoeiro sorriso: - *eu estava presa aqui dentro... só escutei o barulho de uns gritos e, depois, de móveis sendo arrastados e homens fazendo esforços físicos.*

As esperanças dos policiais se arrefeceram diante do que a mulher dissera. Entretanto, com jeito sedutor, uma palavrinha reacendeu as expectativas deles:

- *Mas...*

- *"Mas" o que? Desembucha!* - ordenou Nogueira, já perdendo a paciência.

- *...Sei de algo que pode ajudá-los...*

- *Então diga-nos* - ordenou Josefo.

Ela riu de novo :

- *Por quê? O que eu ganho com isso?*

Nogueira irou-se novamente, mas, enquanto avançava na direção da mulher, foi detido pela mão de Narciso em seu ombro. Este então se aproximou dela:

- *Minha cara, se não resolvermos essa parada, você será transferida para outra delegacia, onde não gozará de nenhuma proteção* - disse o detetive, olhando atentamente para a moça enquanto inclinava-se em sua direção - *Além disso, lembre-se que Leônidas é o novo Delegado da Jogos e Diversões. Sob a custódia dele, você tem maiores chances de se manter viva.*

O sorriso desapareceu do rosto da mulher, que então olhava fixamente para Narciso, com a cara emburrada.

- *Ok...* - ela cedeu.

- *Diga o que sabe* - pediu Josefo.

Os policiais então ouviram, por parte da mulher, um endereço no bairro de Maria da Graça.

- *O que é isto?*

- *Uma enorme usina abandonada* - respondeu Fenícia - *Foi lá que me encontrei com o Arlequim pela última vez. Grande e isolado demais para um mero refugio, creio eu...*

Os policiais se entreolharam, e, então seus olhos brilharam com vivacidade. Correram então rapidamente para as viaturas, com exceção de Narciso, que delicadamente fechou a porta da solitária.

A sombra da porta se fechando ofuscou a luz nos olhos verdes da mulher.

...

Discretamente, Natã parou a viatura sem causar estardalhaço na sossegada rua residencial do Grajaú. Estava vestido normalmente, de terno, sem a máscara ou o lenço. As luzes de todas as casas da vizinhança estavam apagadas, o que indicava que seus moradores estavam recolhidos.

Entretanto, a única exceção estava justamente na residência que interessava a Natã. Algumas luzes, ofuscadas pelas cortinas que cobriam todas as janelas, pareciam vir de dentro da casa, na frente da qual ele estacionou.

Silencioso e coberto pelas sombras, aproximou-se. Era sua chance de pegar o Arlequim e terminar com aquele show. Não puxou o revolver por considerar provável a existência de reféns, mas uma navalha veloz, guardada em seu bolso, seria o suficiente para dar conta do recado.

Imperceptível, explorou a casa. Os abajures estavam cobertos com papéis cortados na formas de barquinhos e estrelas, emitindo as luzes que ele vira do lado de fora. Um tom azul, também proveniente dos papéis cortados, imperava tanto na sala quanto nos demais cômodos, e um disco com musicas românticas era tocado bem baixinho. No segundo andar, um quarto de moça, na qual havia impecável buque de flores e um cartão que Natã tomou, leu e guardou em seu bolso. Já no quarto ao lado não havia nenhum sinal do casal que deveria acomodar-se ali.

Do lado de fora, enquanto segurava o cartão que encontrara no quarto da moça, ele acionou o rádio em seu carro:

– *Damião?*

O mecânico, acompanhando todos os acontecimentos através do velho rádio em sua oficina, respondeu prontamente:

– *Na escuta.*

– *Está monitorando as transmissões?*

– *Sim.*

– *Como estão as buscas?*

– *A P.E. está enlouquecida com as armadilhas espalhadas. E o restante dos policiais está revirando a cidade, sem muito êxito. Mas parece que o Josefo e o Narciso descobriram o esconderijo do Arlequim numa usina abandonada em Maria da Graça: o comandante da P.E. já está indo para lá.*

– *Ótimo, mas não será suficiente! Não vão conseguir pegá-lo.*

– *Como assim?*

– *Te explico no caminho. Por hora, preciso que você mande alguém para o endereço onde estou: mulher de meia idade sem ferimentos amarrada e desacordada no segundo andar. E que acione a P.E. para outro endereço* – concluiu Natã.

. . .

A usina abandonada parecia exatamente isto: abandonada. Escondidos num beco, os investigadores não detectavam nenhuma luz ou barulho de dentro do enorme galpão, que tomava um quarteirão inteiro.

- *Parece tudo calmo* - disse Nogueira.

- *Até ai, nada de mais* - respondeu Josefo, prosseguindo: - *o prédio deve ter uma entrada pelos fundos. Narciso e Nogueira vão por lá. Souza Filho e eu manteremos guarda aqui na frente.*

De acordo, os dois detetives deram a volta, silenciosamente, pelo quarteirão. Não havia porta nos fundos, mas janelas permitiam uma entrada furtiva, facilitada pelos caixotes abandonados ali amontoados.

A janela dava para um andaime dentro da usina. O interior dela estava mal iluminado, com exceção de luzes de lampião lá embaixo: tal luminosidade, embora fraca, permitia a Nogueira e Souza Filho verem cinco caminhões enfileirados, e o ultimo deles poderia ter caçamba alcançada com um salto do andaime onde eles estavam. Lá embaixo, uma mesa de madeira e quatro homens jogando baralho, enquanto outros andavam para lá e para cá, parecendo terminar algum tipo de tarefa. Estavam todos armados.

- *Tá na hora, "vambora"* - ordenou um deles em voz alta, desfazendo o carteado em cima da mesa e depois se dirigindo ao primeiro caminhão, que estava logo em frente ao portão da usina. Os demais resmungavam pelo fim de seu passatempo.

- *Droga, logo agora eles vão sair?* - disse Nogueira, enquanto a luz do farol do primeiro caminhão era acesa e outro dos patifes preparava-se para abrir o portão.

- *Não tem problema* - disse Narciso - *vamos segui-los discretamente e...*

Nogueira sequer ouviu a ultima frase. Temerariamente saltou sobre a caçamba do ultimo caminhão da fila, correndo então por cima dele em disparada para alcançar o primeiro caminhão que já estava a sair.

- *Ali em cima* - gritou um dos bandidos que, ao verem Nogueira, dispararam contra ele seus revolveres.

- *Por isso que detesto trabalhar com esse cara* - murmurou Narciso, revelando sua posição e disparando contra um dos marginais, atingindo-lhe em cheio.

Do lado de fora, surpreendido com o brilho do farol e com o barulho dos tiros, Josefo tentou parar o caminhão que estava já saindo, destruindo o vidro sem, contudo, atingir ao motorista, o que permitiu sua fuga.

Souza Filho correu para uma das viaturas, dando início à perseguição do primeiro caminhão. Nogueira já estava na caçamba do segundo caminhão, prestes a sair. Josefo entrou mirando no motorista do segundo caminhão, mas foi surpreendido por tiros de metralhadora que o fizeram jogar-se atrás de um barril, permitindo que aquele veículo saísse também.

O impasse então se formou dentro da usina abandonada. Os bandidos estavam encurralados e não podiam entrar nos outros caminhões sem serem alvos fáceis para Narciso lá em cima ou Josefo cá embaixo. Entretanto, eles estavam em maior número e mais bem armados.

Enquanto isso, Souza Filho perseguia o primeiro caminhão, ambos em alta velocidade, indo na direção do Centro da Cidade. O detetive mirou no pneu, mas depois lembrou que poderia haver reféns dentro do caminhão – ele não sabia o destino dos presos e dos policiais de plantão na Delegacia. Ativou então o rádio para notificar os demais policiais da perseguição, o que fez somente pela metade: uma rajada de metralhadora, disparada temerariamente pelo carona do motorista, crivou a parte da frente de sua viatura, destruindo o para-choque e os faróis, fazendo-o quase perder o controle.

No segundo caminhão, Nogueira tentava manter o equilibrio. Um dos capangas, no banco do carona, saiu pela janela, subindo na parte de cima do veículo. Protegido por estar um pouco abaixo do nivel da caçamba, ele disparou contra Nogueira, atingindo a seu chapéu, que voou pelos ares.

Souza Filho tentou manobrar na direção do carona, ficando contra um caminhão de lixo que ali passava. Estavam em alta velocidade pela Avenida Brasil, a mais movimentada da cidade. Percebendo isto, o motorista tentou prensar Souza Filho contra o caminhão de lixo, mas este freou bruscamente, fazendo ambos os caminhões chocarem-se e quase perderem o controle.

Nogueira disparou de volta contra o bandido, mas por ele estar protegido, errou o tiro. O malfeitor também tentou atingir-lhe, sem sucesso. Para evitar bater noutro carro, o motorista fez uma manobra brusca, desequilibrando ao bandido apoiado na parte de cima do caminhão e fazendo-o derrubar a arma.

Novamente Souza Filho tentou manobrar em direção ao carona, que o surpreendeu com mais tiros de metralhadora, cravejando ao asfalto e forçando o detetive colocar-se atrás do veículo perseguido, a fim de sair do raio dos tiros.

Naquele momento, o rádio chamou:

- *Patrulhas 185, 027 e 111 próximas a avenida Brasil. Alguém na escuta?*

- *Souza Filho na escuta.*

- *Estamos na altura do Cemitério do Caju, em perseguição ao caminhão suspeito.*

- *Bem na hora!* - respondeu Souza Filho - *poderemos encurralá-lo se vocês montarem uma barreira com os carros.*

- *Positivo.*

Nogueira aproveitou o desequilíbrio do bandido para avançar contra ele. Um tiro foi disparado, mas o desequilíbrio o fez errar. O malfeitor então, num impulso, saltou sobre Nogueira, carregando-o agarrado de frente para si, enquanto o policial batia-lhe o cotovelo nas costas. Caíram então os dois por cima da caçamba: o bandido, que se levantou primeiro, chutou o rosto de Nogueira - ainda tentando se levantar - fazendo-o quase cair do caminhão se não segurasse na beirada da parte de trás.

No primeiro caminhão, preocupados com Souza Filho, tanto o motorista quanto o carona olhavam constantemente para o retrovisor. Tal descuido fazia o motorista ter de desviar de outros veículos bruscamente, e lhe despertou tarde demais para a barricada de carros de policia que fechavam a via na sua frente:

- *PAREM! PAREM!* - gritavam os guardas mais adiante, na frente de barricada, conforme Souza Filho havia exigido. O motorista do primeiro caminhão ainda tencionava acelerar e passar por cima da barricada, mas os tiros disparados quase o atingiram, fazendo-o desistir e frear bruscamente. Isto levou o caminhão a virar de lado e bater, sem gravidade, em duas viaturas.

Souza Filho, por sua vez, bateu de leve num poste.

Ainda diante da barricada policial, o motorista saiu atordoado, mas com as mãos para cima. Do outro lado, o carona tentou correr, sendo surpreendido:

- *PARADO AI!* - ordenou Souza Filho, sagrando e ferido devido à batida, mas apontando o revolver para o malfeitor, que estava armado com a metralhadora.

Uma rajada foi disparada.

Souza Filho aproximou-se cuidadosamente do bandido caído ao chão, atingido em cheio ao virar-se bruscamente para o policial na intenção de atirar contra ele. As rajadas foram disparadas para cima, sem fazer vítimas.

Ao mesmo tempo, Nogueira se segurava como podia na beirada da caçamba. O bandido, vindo de encontro ao detetive, ameaçou pisar em sua mão, mas antes largou a beirada trocando o apoio pelo dispositivo que abria a porta de trás da carga.

Balançando-se com a porta aberta, arquivos e armários da Delegacia de Jogos e Diversões caiam pela rua, fazendo motoristas se desviarem, mas atingindo em cheio a um dos carros que vinham atrás.

Equilibrando-se com dificuldade, o detetive conseguiu se lançar para dentro do caminhão. Preocupado por não poder ver o policial, o bandido então se deitou na caçamba, colocando sua cabeça para baixo a fim de entender o que aconteceu.

Uma gaveta de aço, tirada de um dos armários arquivisticos da delegacia, arremessada por Nogueira, atingiu em cheio o rosto do marginal, fazendo-o cair na estrada.

O detetive escalou, com dificuldades, a parte de trás do caminhão e, novamente por cima dele, foi em direção ao motorista, entrando pela janela chutando-lhe a cara com os depois pés e lançando-o fora do veículo. Assumindo imediatamente o volante, Nogueira desviou de um poste, mas percebeu-se em alta velocidade contra um bar cheio de clientes, freando então bruscamente enquanto algumas daquelas pessoas conseguiam correr.

O caminhão parou alguns centimetros das mesas do bar. Sem feridos.

De volta a usina abandonada. Josefo e Narciso estavam em maus lençóis. Apesar de suas posições privilegiadas, os bandidos estavam em maior número e um deles portava metralhadora. Agachado em cima do andaime, Narciso tentava proteger-se de mais uma rajada, quando ouviu o barulho de outras armas, bem como de ordens precisas:

- *VOU ENTRAR! COBERTURA!* - dizia o Tenente Nobre, chegando de surpresa junto a um grupamento da P. E.

A ação foi rápida. Um tiro disparado por Nobre, que avançava contra os caixotes servindo de proteção aos marginais, abateu o meliante portando a metralhadora. Os homens da cobertura mantinham fogo contra aqueles mesmos caixotes, a fim de impedir qualquer reação por parte dos oponentes. Um dos bandidos tentou correr, mas foi atingido na perna por outro agente da P. E. que avançava junto a Nobre. Um terceiro marginal levantou a cabeça atrás do caixote, sendo, também alvejado.

- *A GENTE SE RENDE, A GENTE SE RENDE* - gritavam os bandidos que sobrara.

Josefo e Narciso respiraram aliviados pela providencial chegada da Polícia Especial, saindo de suas respectivas zonas de proteção. Nobre gesticulava militarmente para seus homens, ordenando uma varredura no local.

- *O que temos aqui?* - perguntou Nobre.

- *Vamos descobrir agora* - respondeu Josefo.

...

As enormes janelas coloniais proporcionavam ampla vista do mar e, ao longe, da cidade de Niterói, que lançava suas luzes sobre as águas.

Por elas também pairava a luz da noite, iluminando o casal romanticamente abraçado. Arlequim e Melissa contemplavam a bela vista, ao lado de uma rústica mesa de madeira sobre a qual estava o vinho tinto e dois copos.

- *Estou ansiosa para ver que surpresa é esta* - disse ela, repousando a cabeça sobre o peito de seu amado.

Arlequim olhou para o relógio em seu pulso:

- *Logo, logo, querida. O show já vai começar* - prometeu ele.

Foi quando a voz estranha estragou o clima romântico:

- *Desculpe senhorita. O show foi cancelado.*

O casal imediatamente virou-se para trás, de onde viera o som da fala.

Lá estava o homem de preto e lenço cinza sobre o rosto, do qual era possível ver apenas visores brancos sob a sombra do chapéu panamá cinza.

- *Ok...não me lembro de ter lido sobre sua participação no* script - disse o Arlequim.

- *Digamos que sou uma espécie de contrarregra* - respondeu Rosanegra.

- *Há, sim, sim!* - concordou sarcasticamente o mágico, voltando-se para a paisagem da janela junto a Melissa - *já teve seus cinco minutos de fama. Agora, se nos dá licença, temos um espetáculo a assistir...em casal.*

– *Não creio que explodir uma barca com uma Delegacia dentro seja o tipo de show que a senhorita deseje ver* – contrapôs o homem mascarado.

Arlequim virou-se para trás novamente, despido do tom blasé e charmoso.

– *Do que ele está falando?* – perguntou Melissa.

– *Olhe pela janela, mas à sua esquerda* – disse Rosanegra, quase que simultaneamente aos barulhos de sirene que podiam ser ouvidos ao longe.

Fazendo o que lhe fora ordenado, Arlequim conferiu, vendo as luzes das sirenes das viaturas da Polícia Especial e da Polícia Civil, que acabavam de chegar às barcas na praça XV.

– *Amor, o que está acontecendo? Não estou entendendo nada* – dizia a moça, ainda nos braços do mágico.

Arlequim suou e tentou disfarçar os lábios se contraindo.

– *Ele não vai dizer, menina. Um mágico jamais revela seus truques, não é, Anabello?*

Arlequim virou-se para trás, ouvindo o homem na porta, depois voltou-se mais uma vez, afoito, para a janela. :

– *Portanto, para que ele mantenha sua honra intacta, eu explicarei todo o seu plano.*

Movimento intenso fora do prédio.

*– O sequestro e o roubo na festa do Paço de Viena foram somente um engodo. Ele queria ser preso pela Delegacia de Jogos e Diversões junto de seus homens, sem ser torturado novamente. Por isso exigiu a presença da imprensa e do Promotor Rodolfo Bilac.*

Arlequim tentava conter a raiva e manter a pose enquanto ouvia. Sem sucesso.

*– Depois das 22:00, todas as Delegacias ficam com efetivo bem menor de guardas e detetives. Não foi difícil para ele esconder uma gazua para abrir as celas. Com dez capangas presos no xadrez da Jogos e Diversões, contando com o elemento surpresa, também não foi difícil subjugar os poucos policiais de plantão.*

Enquanto Rosanegra descrevia a cena, Melissa a imaginava: De madrugada, Arlequim levantou-se displicentemente de um canto da cela, sacando uma gazua de seu bolso. Abriu a fechadura, libertando a ele e seus capangas do cativeiro. Furtivamente, moveu-se com um sorriso no rosto pelos corredores, desacordando com golpes precisos os poucos policiais de guarda, enquanto tomava-lhes as armas, entregues a alguns capangas que, dirigindo-se ao arsenal da Delegacia, puderam municiar-se de forma adequada.

*– Cronometrando os passos, outros capangas dele chegaram com caminhões que foram roubados recentemente. Pelas altas horas da madrugada, e numa rua pouco movimentada como era a da Delegacia, eles fizeram um trabalho rápido colocando tudo que podiam dentro dos veículos, incluindo os presos e os policiais, que também serviriam como reféns. Enquanto isso, o mágico encharcava o primeiro andar, confundindo a busca por pistas através das marcas de arranhões e outras pistas visíveis a olho nu. O*

*ainda serviria de ligação com a analogia ao mar,*
*onde se daria seu espetáculo.*

Melissa continuava a imaginar: a rua deserta
na qual os caminhões se enfileiraram, impedindo a
chegada de novos carros, e os homens trabalhando o
mais rápido e silenciosamente quanto possível.
Enquanto isso, Arlequim molhava todo o primeiro
andar, assobiando alegremente uma canção.

*- Ora, mas um show precisa de público, não é*
*mesmo?* - perguntou Rosanegra, voltando-se para
Arlequim - *por isso, ele espalhou armadilhas por*
*várias partes da cidade, com gás lacrimogêneo e uma*
*pequena pista do espetáculo nas barcas. Além de*
*plateia, isto garantiria que a polícia seria*
*espalhada o suficiente, deixando uma rota segura*
*para seus capangas, que esperavam com os caminhões*
*numa usina abandonada pela hora marcada de vir até*
*aqui, onde ele já vinha preparado o barco, fazendo*
*de reféns mais alguns dos funcionários.*

Sutilmente olhando pela janela, Arlequim viu,
ao longe, os policiais da P.E. avançando em
formação, prendendo os poucos capangas que esperavam
na barca.

*- Enquanto seus homens esperavam na usina*
*abandonada, longe de todos os epicentros nos quais*
*instalou armadilhas, ele foi até sua casa, menina.*
*Para buscá-la. Por isso preparou todo o clima*
*romântico e inclusive deixou o cartão no buquê de*
*flores.*

Melissa lembrou-se como foi. Acordou
docemente, mas fora do horário, como se algo a
tivesse induzido sutilmente a levantar-se. Ao lado
de sua cama, rosas vermelhas, lindíssimas, com um

cartão entre eles. Sobre a cama, o lindo vestido brilhoso que estava usando. Ela levantou-se e pegou o cartão que dizia:

*"Para cada lágrima que, por minha desfaçatez, lhe fiz derramar, farei chover uma estrela sobre a imensidão do lindo mar."* .

A moça ainda buscava suas memórias. Ela pôs o vestido. Desceu as escadas, e ouviu a música romântica tocando bem baixinho na vitrola. As paredes estavam iluminadas em um tom azul, com várias luzes em formatos de estrelas brilhando ao redor. Sentando, de pernas cruzadas e bebendo vinho tinto, seu amado a esperava, com um sorriso no rosto.

- *Perfeito!* - disse o Arlequim, enquanto batia palmas aproximando-se dramaticamente do misterioso homem à sua frente - *Você arruinou meu plano. Touché!*

Um flash de luz então rompeu na sala escura.

O movimento foi muito rápido. Uma pequena bomba de luz, tirada de um dos bolsos do vilão, explodiu frente a Rosanegra, deixando-o temporariamente cego. Aproveitando-se da vulnerabilidade do inimigo, o mágico desferiu um soco no rosto, uma joelhada no abdômen e um chute no peito, que lançou o oponente contra a parede.

Arlequim então notou sangue caindo ao chão. Voltou-se para si mesmo. Havia um corte em sua barriga, que abrira sua blusa e fazia-o sangrar.

- *O truque é olhar para as mãos do mágico* - disse, sarcástico, Rosanegra, levantando-se em seguida da sequência de golpes que recebera.

Furioso, o mágico avançou de novo. Com maior agilidade, Rosanegra esquivou-se de um soco, um chute e aparou outro soco, atingindo um chute na perna do vilão, que o fez cair de joelhos. Terminou com um poderoso chute no rosto, derrubando-o.

Com dificuldades, Arlequim levantou-se, dolorido e com o nariz sangrando. Sacou então uma faca, fazendo um hábil malabarismo para que a lâmina ficasse em sua mão, preparada para o arremesso.

Novamente, sangue ao chão.

Uma navalha surgiu cravada na mão do mágico, levando-o a largar a faca, gemendo com a dor.

Lentamente, Rosanegra caminhou em direção ao vilão. Num movimento súbito, ele esquivou-se do golpe com um pedaço de madeira que Melissa iria acertar-lhe na cabeça, atacando-o por trás.

- *DEIXE-NOS EM PAZ!* - protestou a moça, tento as mãos detidas pelo justiceiro.

Tudo que Arlequim queria. Tirando a navalha de sua mão, ele arremessou-a contra seu inimigo, atingindo-lhe as costas. Melissa então lhe acertou um golpe certeiro, fazendo-o cair ao chão.

A moça olhava atentamente para Arlequim, tentando ajudá-lo a se levantar:

*- Precisamos sair daqui -* disse o mágico *- mas você não pode vir comigo, tem muitos policiais lá fora.*

Rosanegra riu, de novo, sarcasticamente, enquanto tentava se recuperar *- vai deixar a moça aqui junto com os pais dela?*

O semblante de Melissa mudou completamente:

*- Do que ele está falando agora?*

*- Não foi só a você que ele foi buscar em casa, menina-* respondeu Rosanegra, tentando conter a dor *- na verdade, o espetáculo era muito mais para seu pai do que para você.*

Arlequim foi despido de seu semblante, enquanto a garota escutava, aturdida:

*- Naquela noite, depois que ele roubou sua casa em pleno jantar de noivado, seu pai mexeu os pauzinhos -* prosseguiu Rosanegra, erguendo-se novamente do chão- *Acionou a Jogos e Diversões e ainda conseguiu, com sua influencia, que eles torturassem e humilhassem seu namorado.*

Ela meneava a cabeça, e seus olhos marejaram:

*- Ele queria vingança -* prosseguiu o homem *- por isso deixou seu pai amarrado no andar de baixo, para ver a derrota da Jogos e Diversões e morrer sufocado com gás.*

*- É MENTIRA! -* negou ela, chorando -- *Eu teria visto se ele trouxesse meu pai para cá. E ele não saiu de perto de mim em momento algum!*

*Mas quem disse que foi ele?* - retrucou Rosanegra - *um dos capangas fez o serviço. Como acha que sua casa ficou decorada daquele jeito, sem que seus pais aparecessem?*

A garota perdeu totalmente o chão quando foi indagada pelo misterioso homem:

- *Além disso... tem certeza de que ele não saiu de perto de você em nenhum momento?*

De imediato, ela lembrou-se de que, assim que chegaram, Arlequim disse que iria pegar o vinho para celebrarem. Então, mesmo contra a sua vontade, Melissa tornou a imaginar as cenas: seu pai no andar de baixo, também de frente para uma janela que dava para o mar. Ao longe as barcas, e o velho amarrado diante da luz prateada da lua, que entrava pela janela. Junto a um capanga armado, Arlequim, segurando a garrafa de vinho e duas taças na outra mão, parou atrás dele, jurando-lhe algum impropério de vingança ao ouvido, com sorriso debochado no rosto antes de retirar-se dali. Depois, um vulto de lenço prateado surgiu, silencioso e imperceptível, derrubando o capanga e libertando seu pai, mandando-o embora daquele lugar o mais rápido possível.

- *Diga que ele está mentindo!* - implorou Melissa, contendo o choro por um instante -- *É mentira não é?* - ela virou-se para Rosanegra - *É mentira! É TUDO MENTIRA!*

Foi quando, mais uma vez, outra voz invadiu a cena:

- *Não filha, não é mentira* - confirmou o pai dela, surgindo repentinamente. Tinha ferimento na cabeça - *Aquele homem máscara nos soltou. Me mandou ir embora, dizendo que iria resgatá-la. Mas eu não vou sem você.*

Enquanto isso, os agentes da P.E., que estavam fazendo uma varredura ao redor, adentraram no prédio, municiados com máscara de gás e metralhadoras.

Ela prosseguia meneando a cabeça.

Foi a oportunidade que o Arlequim esperava. Sacando de seu bolso o detonador, ativou todas as bombas de gás que espalhou pelo prédio, uma delas ao lado do pai de Melissa, lançando-o atordoado ao chão.

Rosanegra ficou num impasse. Salvar Melissa e seu pai ou tentar capturar o ardiloso Arlequim, que fugia pelo caos das explosões?

Lembrando-se das palavras de Orlando e da exortação do misterioso homem que conhecera no bar, ele correu em direção a Melissa, que já estava seguindo seu namorado. Tomou-a pela cintura. Enquanto ela se debatia gritando pelo namorado, ajudou o pai da moça a levantar-se. Logo, puseram-se a sair dali, entre as rajadas de gás que vinham aleatoriamente de várias direções.

Os olhos dos três começaram a arder, quando uma das escadas desmoronou. Melissa estava nos braços do justiceiro, e o pai dela do outro lado das escadas. Num salto de grande destreza, Rosanegra alcançou o outro lance de escadas, percebendo os agentes da P.E. subindo por elas:

- *VÁ! VÁ COM ELES!* - disse o Natã ao pai da moça, que ainda se debatia nos braços do pai, cena vista pelo capitão Cruzeiro.

As escadas mais acima continuavam desmoronando. Rosanegra saltava pelas que sobravam, tentando alcançar o teto, enquanto Melissa era carregada para baixo pelo pai, sendo ambos prontamente acudidos pelos policiais que subiam.

- *Senhor, estamos com ele na mira!* - disseram os soldados para seu comandante, enquanto contemplavam o misterioso homem saltando com dificuldades devido aos ferimentos e aos efeitos do gás.

Cruzeiro apenas olhava.

- *Senhor?* - insistiram os soldados.

Outro salto de Rosanegra, quase sem sucesso, pois teve de segurar pela beirada para não cair.

- *Deixem* - ordenou Cruzeiro, fazendo sinal com a mão para baixar as armas.

Rosanegra chegou ao topo do prédio. Retirou então a máscara, tentando recuperar-se dos terríveis efeitos do gás.

A praça XV enchia-se de viaturas.

Cruzeiro recolheu seus homens e os reféns.

O plano de Arlequim fora desbaratado.

## EPÍLOGO

O plano de fazer a Delegacia de jogos e Diversões "desaparecer" foi desbaratado. Os caminhões eram realmente os que haviam sido roubados semanas antes. Nogueira, no caminhão que conseguiu frear, encontrou arquivos, relatórios e documentos importantes, além de várias estantes e móveis. Souza Filho, no caminhão que recuperou, encontrou o arsenal, munição e material bélico, além de mais móveis. Josefo e Narciso, por sua vez, encontraram móveis, material laboratorial, ornamentos e, exclusivamente num caminhão, detentos e policiais amarrados e amordaçados, que foram iluminados pelas luzes das lanternas dos soldados da P.E quando a caçamba fora finalmente aberta. Não ocorreu nenhuma perda significativa.

Os objetivos de Neto da Lapa foram momentaneamente frustrados. O Hotel Império retornou com todo o seu esplendor. Lakama e Zé-Caolho foram presos, impedindo o Jogo do Bicho de estender seus tentáculos até o Centro da Cidade. O próprio Neto da Lapa estava na mira dos promotores Rodolfo Bilac e Letícia Miranda, não somente pelos bandidos presos, mas pela tentativa de assassinato impedida por Josefo e Nogueira.

A Delegacia de Jogos e Diversões passou por mudanças. Leônidas, policial honesto, brilhante e trabalhador, foi indicado pessoalmente pelo Chefe de Polícia para ocupar aquela delegacia. Não foi o fim da corrupção e da violência, mas a boemia carioca esperava receber tratamento mais justo e flexível, enquanto os policiais não estavam mais sujeitos a esquemas escusos para tirar férias, conseguir documentações necessárias e subir de postos na carreira. Tenente Galvão foi promovido a Capitão, recebendo o comando da Guarda Civil. Orlando aposentou-se formalmente, com as honras devidas e uma grande festa na delegacia. Quanto a Natã, recusou o convite para voltar a DJD. Preferiu continuar no Setor de Arquivos, de onde poderia ter acesso a informações cruciais.

Era bem verdade que alguns *capoeiras* ainda estavam a solta, bem como capangas de Arlequim. O próprio mágico, autor do crime mais espetacular já realizado na cidade, ainda estava desaparecido. Mas era também verdade que, a partir daquele dia, não só aqueles malfeitores como todos os bandidos, cafetões, capoeiras, pistoleiros e contraventores da cidade temiam o sinistro capoeirista e *navalheiro* que ficou conhecido como *Príncipe da Lapa* ou *Rosanegra*.

Ioná prosseguia ganhando a vida com seus doces, e Aidê finalmente estreou, realizando seu sonho. Estava linda. Nogueira assistiu à estreia, e a convidou para sair. A Orquestra Império continuava irresistível, e Américo destilando seu enorme talento pelas mesas de sinuca.

... 

A estação de trem tinha poucos passageiros esperando. A fila era curta, e a moça não demorou para comprar a passagem que a levaria até São Paulo.

Esperava na estação de embarque. Sutilmente, mas a quase todo momento, olhava para o relógio, e depois se voltava para a linha do trem, esticando o pescoço.

Estava elegante, mas com roupas sóbrias, discretas. Dispensara as roupas brancas com detalhes verdes. Até o cabelo amarelo, coberto um chapéu de aba larga, havia tingido de castanho.

Ela sentou-se no banquinho para esperar, colocando a bolsa em seu colo. Ao seu lado, estava sentando um homem, lendo o jornal totalmente aberto, com as últimas e retumbantes notícias da cidade.

- *Esperando trem para São Paulo?* - perguntou ele.

- *Sim* - respondeu ela, em tom firme de voz, mesmo sem poder vê-lo atrás do jornal - *E o senhor?*

- *Não, eu não. Estou esperando alguém chegar.*

- *Ah, sim* - ela respondeu fingindo interesse na conversa e de novo olhando o relógio.

- *Por falar nisso, pode me responder uma pergunta?*

Ela retirou os olhos do relógio e voltou-se para o homem que falava consigo.

Nada respondeu.

Diante do silencio da mulher, o sujeito então fechou o jornal, revelando a aparência elegante, a brilhantina no cabelo, o bigode fino e uma flor copo-de-leite no bolso do seu paletó.

- *Você não é prostitua. É?* - perguntou ele.